Stardust

Stardust

Neil Gaiman

Traducción de
Ernest Riera

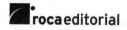

Título original: *Stardust*

Primera edición: octubre de 2007

Copyright © 1999 Neil Gaiman

© de la traducción: Ernest Riera
© de esta edición: Roca Editorial de Libros, S. L.
Marquès de l'Argentera, 17, pral. 1ª
08003 Barcelona
correo@rocaeditorial.com
www.rocaeditorial.com

Diseño de la colección: © Damià Mathews
Fotografía de portada: © Corbis
Fotografía del autor: © Mike Newling

ISBN: 978-84-96791-67-1

Depósito Legal: B. 41.338-2007

Impreso en México – *Printed in Mexico*

Para Gene y Rosemary Wolfe

Canción

Ve y trae una estrella fugaz,
deja encinta una mandrágora,
dime dónde están los años pasados,
o quién partió el pie al Diablo.
Enséñame a escuchar el canto de las sirenas,
o a alejarme de la punzada de la envidia,
y da
con el viento
capaz de adelantar a una mente honesta.

Si naciste con el don de ver cosas extrañas,
cosas invisibles,
cabalga diez mil días con sus noches,
hasta que la edad tiña tus cabellos de nieve.
Con todo, cuando vuelvas contarás
las maravillas que te ocurrieron
y jurarás
que en ningún lugar
habita mujer justa o que diga verdad.

Y si encuentras a una, házmelo saber,
peregrinaje tal fuera dulce,
aun así, no lo haría, no,
aunque viviera en la puerta de al lado,
aunque fuera sincera cuando la conociste,

o aunque lo fuera cuando me escribiste.
Tan pronto como llegue,
habrá sido infiel
con dos, o puede que con tres.

John Donne (1572-1631)

Capítulo 1
Donde sabemos del pueblo de Muro y del curioso acontecimiento que allí tiene lugar cada nueve años

*H*abía una vez un joven que deseaba conquistar el Deseo de su Corazón.

Aunque este principio no sea, en lo que a comienzos se refiere, demasiado innovador —pues todo relato sobre todo joven que existió o existirá podría empezar de manera similar—, sí que hallaremos en este joven y en lo que le aconteció muchas cosas inusuales, aunque ni siquiera él llegó a saberlas todas.

La historia empezó, lo mismo que muchas otras historias, en Muro. El pueblo de Muro se alza hoy, como hace seiscientos años, en una alta elevación de granito, rodeada de una pequeña fronda boscosa. Las casas de Muro son robustas y antiguas, de piedra gris, con tejados de pizarra negra y altas chimeneas; aprovechando al milímetro la roca, las casas se apoyan las unas sobre las otras, algunas incluso se encabalgan, y aquí y allá un arbusto o un árbol crece junto a la pared de un edificio. Hay un camino que lleva a Muro, un sendero serpenteante, delimitado por rocas y piedrecitas, que asciende bruscamente a través del bosque. Más allá, a una considerable distancia, el camino se convierte en una auténtica carretera pavimentada de asfalto; aún más allá, la carretera se hace mayor y está llena a todas horas de coches y camiones que corren de ciudad en ciudad. Si te tomas el tiempo suficiente, la carretera te llevará hasta Londres; pero Londres está a más de una noche en automóvil de Muro.

Los habitantes de Muro son una raza taciturna, compuesta por dos tipos bien distintos: los nativos —tan grises, altos y robustos como la elevación de granito donde se construyó el lugar— y el resto, que con los años han hecho de Muro su hogar y lo han poblado con sus descendientes.

Al pie de Muro, al oeste, está el bosque; al sur hay un lago traicioneramente plácido alimentado por los arroyos que descienden de las colinas de detrás de Muro, al norte. Hay campos sobre las colinas donde pastan las ovejas. Al este hay más bosques. En las inmediaciones de Muro, por el este, hay una elevada pared de roca gris de la que el pueblo toma su nombre. Esta pared es vieja, está compuesta de bastos bloques de granito tallado, sale del bosque y vuelve a entrar en él. Tan sólo hay una abertura: un paso de unos veinte metros de ancho que se extiende por la linde del pueblo hacia el norte. A través de la abertura en la pared se puede ver un gran prado verde; más allá del prado, un arroyo; y más allá del arroyo, árboles. De vez en cuando, a lo lejos, se aprecian formas y figuras entre los árboles. Son enormes y raras figuras, y pequeñas cositas brillantes que destellan y chisporrotean y desaparecen. Aunque es un prado ideal, ninguno de los paisanos ha criado jamás animales en las tierras que se extienden al otro lado de la pared, que tampoco han sido utilizadas para el cultivo. Por el contrario, durante cientos, quizá miles de años, han montado guardia a ambos lados de la abertura del muro y han hecho todo lo posible por ignorar el otro lado. Todavía hoy, dos hombres montan guardia a ambos extremos del muro, noche y día, en turnos de ocho horas. Llevan bastones macizos de madera y flanquean la abertura por el lado que da al pueblo. Su principal función es evitar que los niños del lugar la atraviesen y pasen al prado, o aun más allá. También deben evitar que un ocasional paseante solitario, o uno de los pocos visitantes de la villa, haga lo mismo y cruce la entrada. A los niños se lo impiden, simplemente, exhibiendo su destreza con el bastón. Con los paseantes y visitantes son más inventivos, y tan sólo usan la fuerza física como último recurso, si las patrañas de la hierba acabada de plantar o del toro peligroso que anda suelto no bastan.

Muy raramente acude a Muro alguien que sabe lo que está buscando, y a veces a esta gente se la deja pasar. Tienen una cierta mirada que, una vez se reconoce, jamás se puede olvidar. En todo el siglo XX no se ha conocido ningún caso de robo procedente de la otra parte del muro, al menos que sepan los paisanos, hecho del que se sienten muy orgullosos.

La guardia se relaja una vez cada nueve años, el Primero de Mayo, cuando una feria se instala en el prado.

Los hechos que se relatan a continuación sucedieron hace muchos años. La reina Victoria estaba en el trono, pero le faltaba mucho para llegar a ser la Viuda de Windsor: aún tenía las mejillas sonrosadas, brío y gracia, de tal modo que lord Melbourne a menudo tenía razones para reprender, gentilmente, a la joven reina por su frivolidad. Todavía no se había casado, aunque estaba muy enamorada.

Charles Dickens publicaba por entregas su novela *Oliver Twist*; Draper acababa de tomar la primera fotografía de la luna y congelaba su pálido rostro, por primera vez, sobre frío papel; Morse había anunciado un sistema para transmitir mensajes a través de cables de alambre. De haber mencionado la magia o las hadas a cualquiera de ellos, habrían sonreído con desdén; excepto, quizá, Dickens, que entonces era un hombre joven e imberbe, y os hubiera mirado con tristeza.

Aquella primavera llegó mucha gente a las Islas Británicas. Unos venían solos y otros llegaban de dos en dos; desembarcaban en Dover, o en Londres, o en Liverpool; hombres y mujeres con pieles tan pálidas como el papel, pieles tan oscuras como la roca volcánica, pieles del color de la canela, que hablaban en una multitud de lenguas. Fueron llegando durante todo el mes de abril, y viajaban en tren de vapor, a caballo, en caravanas o en carros, incluso muchos de ellos venían andando.

En esa época, Dunstan Thorn tenía dieciocho años y no era un romántico. Tenía el pelo castaño claro, los ojos castaño claro y pecas castaño claro. Era de mediana estatura y hablaba despacio. Su sonrisa fácil iluminaba su cara desde el interior, y soñaba, cuando fantaseaba en el prado de su padre, con abandonar el pueblo de Muro y su impredecible encanto e irse a Londres o a Edimburgo o a Dublín, o alguna gran ciudad donde las cosas no dependiesen de la dirección en que sopla el viento. Trabajaba en la granja de su padre y no poseía nada, salvo una pequeña casita en un campo distante que sus padres le habían cedido. Ese mes de abril llegaban los visitantes a Muro y Dunstan estaba resentido con ellos. La posada del señor Bromios, La Séptima Garza, normalmente un laberinto de habitaciones vacías, estaba llena desde hacía una semana, y ahora los forasteros tomaban alojamiento en las granjas y casas privadas, y pagaban el hospedaje con extrañas monedas, con hierbas y especias e incluso con gemas.

A medida que se acercaba el día de la feria, el ambiente de expectación aumentaba. La gente se levantaba más temprano, contaba los días, contaba los minutos. Los guardas del muro se mostraban inquietos y nerviosos. Figuras y sombras se movían entre los árboles en los límites del prado.

En La Séptima Garza, Bridget Comfrey, considerada por unanimidad la camarera más hermosa del lugar, provocaba fricciones entre Tommy Forester, con quien se le había visto salir a pasear el año anterior, y un hombre enorme de ojos oscuros que llevaba un pequeño mono parlanchín. El hombre hablaba poco inglés, pero sonreía con expresividad siempre que Bridget se le acercaba. En la taberna, los clientes habituales se sentaban en incómoda proximidad con los visitantes, y hablaban en los siguientes términos:

—Sólo es cada nueve años.

—Dicen que antiguamente era cada año, por el solsticio de verano.

—Preguntad al señor Bromios. Él lo sabrá.

El señor Bromios era alto, de piel aceitunada, con un pelo negro espeso y ondulado y los ojos verdes. Cuando las niñas del pueblo se hacían mujeres, se fijaban en él, aunque nunca eran correspondidas. Se decía que había llegado al pueblo hacía ya tiempo, de visita. Pero se quedó allí, y su vino era bueno, según decían todos en Muro.

Una fuerte discusión se desató en la taberna entre Tommy Forester y el hombre de ojos oscuros, cuyo nombre al parecer era Alum Bey.

—¡Detenedles, en nombre del cielo! ¡Detenedles! —gritó Bridget—. ¡Van al patio de atrás para pelear por mí! —Y sacudió con gracilidad la cabecita de manera que las lámparas de aceite iluminaron y favorecieron sus perfectos rizos dorados.

Nadie movió un dedo para detener a los dos hombres, aunque bastante gente —del pueblo y forasteros— salió afuera a ver el espectáculo. Tommy Forester se quitó la camisa y levantó los puños ante sí. El extranjero rio y escupió en el suelo, y entonces agarró la mano derecha de Tommy y le envió volando contra el suelo, donde chocó con la barbilla. Tommy se levantó vacilante y corrió hacia el extranjero. Rozó la mejilla del hombre con el puño, pero inmediatamente se dio de narices contra el barro, de modo que quedó con la cara hundida en el lodo y sin aliento. Alum Bey rio y dijo algo en árabe. Así de rápido, y así de fácil, terminó la pelea.

Alum Bey se quitó de encima a Tommy Forester, se dirigió con paso altivo hacia Bridget Comfrey, se inclinó ante ella y sonrió mostrando su brillante dentadura. Bridget le ignoró y corrió hacia Tommy.

—Pero ¿qué te ha hecho, cariño mío? —preguntó ella, y le limpió el lodo de la cara con su delantal, dedicándole toda suerte de palabras cariñosas.

Alum Bey regresó con los espectadores a la taberna y amablemente compró a Tommy Forester, cuando éste regresó, una botella del vino de Chablis del señor Bromios. Ninguno de los dos estaba seguro de quién era el vencedor y quién el vencido.

Dunstan Thorn no estaba en La Séptima Garza aquella noche: era un muchacho práctico, que desde hacía seis meses cortejaba a Daisy Hempstock, una joven de similar pragmatismo. Paseaban las tardes despejadas alrededor del pueblo, discutían acerca de las tierras en barbecho y el tiempo y sobre otras cuestiones igualmente prácticas; durante esos paseos, en los que invariablemente les acompañaban la madre y la hermana menor de Daisy, a unos saludables seis pasos por detrás, de vez en cuando se miraban el uno al otro, amorosamente.

A la puerta de la casa de los Hempstock, Dunstan se detenía, se inclinaba y se despedía. Y Daisy Hempstock entraba en su casa, se quitaba el sombrero y decía:

—¡Cuánto deseo que el señor Thorn se decida a declararse! Estoy segura de que papá no se opondría.

—Cierto, estoy segura de que no lo haría —dijo la madre de Daisy esa noche, como decía cada noche en circunstancias parecidas, y se quitó su sombrero y sus guantes y condujo a sus hijas hasta el saloncito, donde un caballero muy alto con una barba negra muy larga estaba sentado hurgando en su bolsa. Daisy, su madre y su hermana hicieron una reverencia al caballero (que hablaba poco inglés y había llegado hacía pocos días). El huésped, a su vez, se levantó y se inclinó ante ellas.

Hacía mucho frío aquel abril, la primavera inglesa mostraba su incómoda variabilidad. Los visitantes llegaron a través del bosque; llenaron las habitaciones de invitados, acamparon en graneros y establos. Algunos de ellos levantaron tiendas de colores, otros llegaron en sus propias caravanas, tiradas por enormes caballos grises o por pequeños ponis peludos. En el bosque había una alfombra de campanillas.

La mañana del 29 de abril, Dunstan Thorn hacía guardia en la abertura del muro con Tommy Forester. Cada uno a un lado, esperaban. Dunstan había hecho guardia muchas veces, pero hasta entonces su trabajo había consistido en mantenerse allí en pie y, ocasionalmente, espantar a los niños. Hoy se sentía importante, pues tenía un bastón en la mano. Cuando algún extranjero se acercaba a la abertura del muro, Dunstan o Tommy decían:

—Mañana, mañana. Hoy nadie va a pasar, mis buenos señores.

Y los extranjeros se retiraban un poco y vislumbraban qué había al otro lado de la abertura; veían el prado inofensivo, los árboles nada destacados que lo salpicaban, el bosque poco atractivo que lo cerraba. Algunos de ellos intentaba entablar conversación con Dunstan o Tommy, pero los jóvenes, orgullosos de su papel de guardas, se negaban a conversar y se contentaban con, básicamente, alzar la cabeza, apretar los labios y parecer importantes. A la hora de comer, Daisy Hempstock trajo un poco de pastel de carne para ambos, y Bridget Comfrey llevó a cada uno una jarra de cerveza especiada. Y a la puesta de sol llegaron otros dos jóvenes del pueblo, bien fornidos, con una linterna cada uno, y Tommy y

Dunstan se fueron andando hasta la posada, donde el señor Bromios les ofreció una jarra de su mejor cerveza —y su mejor cerveza era realmente buena— como recompensa por haber montado guardia.

La excitación era palpable en la posada, llena ahora a rebosar. Había en ella visitantes de todas las naciones del mundo, o eso le parecía a Dunstan, que no tenía sentido alguno de la distancia más allá de los bosques que rodeaban el pueblo de Muro, y por lo tanto contemplaba al alto caballero del gran sombrero de copa negro, sentado a la mesa de al lado y que procedía de Londres, con tanto asombro como contemplaba al caballero aún más alto, con la piel de ébano y vestido con una túnica de una sola pieza, con quien aquél estaba cenando. Dunstan sabía que era de mala educación mirar fijamente, y que, como habitante de Muro, tenía todo el derecho a sentirse superior a todos aquellos forasteros. El aire olía a especias poco familiares y oía a hombres y mujeres hablar entre ellos en un centenar de lenguas, de modo que los examinaba a todos sin el menor asomo de vergüenza.

El hombre del sombrero de copa de seda negra se dio cuenta de que Dunstan le estaba mirando e hizo una señal al muchacho para que se acercara.

—¿Te gusta el pudin de melaza? —preguntó abruptamente a modo de presentación—. Mutanabbi ha tenido que irse y aquí hay más pudin del que un hombre solo puede comer.

Dunstan asintió. El pudin de melaza humeaba tentador en su fuente.

—Muy bien, sírvete —dijo su nuevo amigo—. Dio a Dunstan un tazón limpio de porcelana y una cuchara. Dunstan no necesitó más indicación y los dos procedieron a acabarse el pudin.

—Veamos, jovencito —le dijo a Dunstan el alto caballero del sombrero de copa de seda negra, cuando sus tazones y la fuente del pudin quedaron vacíos—, al parecer la posada está al completo, y todas las habitaciones del pueblo ya han sido alquiladas.

—¿De veras? —preguntó Dunstan, sin sorprenderse.

—Así es —respondió el caballero del sombrero de copa—. Y lo que yo me preguntaba es si tú sabrías de alguna casa que tuviese una habitación disponible.

Dunstan se encogió de hombros.

—A estas alturas ya no quedan habitaciones —dijo—. Recuerdo que cuando era un chaval de nueve años, mi madre y mi padre me enviaron a dormir entre las vigas del establo, durante toda una semana, y alquilaron mi habitación a una dama de Oriente, su familia y sus criados. Me dejó una cometa como muestra de agradecimiento y yo la hacía volar por el prado, hasta que un día se rompió el hilo y salió volando hacia el cielo.

—¿Dónde vives ahora? —preguntó el caballero del sombrero de copa.

—Tengo una casita en las lindes de las tierras de mi padre —replicó Dunstan—. Era la morada de nuestro pastor, pero murió, hará dos años el próximo agosto, y me la cedieron a mí.

—Llévame allí —dijo el caballero del sombrero, y a Dunstan no se le ocurrió rehusar.

La luna de primavera estaba alta y muy brillante, y la noche se veía limpia. Salieron del pueblo caminando hacia el bosque extendido a sus pies, y anduvieron más allá de la granja de la familia Thorn (donde el caballero se asustó por culpa de una vaca que dormía en el prado y que resopló mientras soñaba) hasta que llegaron a la casita de Dunstan. Tenía una habitación y una chimenea. El extraño asintió.

—Me gusta bastante —dijo—. Veamos, Dunstan Thorn, te la alquilaré por tres días.

—¿Qué me dará por ella?

—Un soberano de oro, seis peniques de plata, un penique de cobre y un cuarto de penique nuevo y brillante —dijo el hombre.

Un soberano de oro por dos noches era un alquiler más que justo, en aquella época, cuando un jornalero podía esperar quince libras al año, con suerte. Pero Dunstan dudaba.

—Si habéis venido por el mercado —dijo al hombre alto—, es porque vais a comerciar con milagros y maravillas.

El hombre alto asintió.

—Y entonces, lo que tú quieres son milagros y maravillas, ¿no es así? —Volvió a examinar la casita de una sola habitación de Dunstan. Entonces empezó a llover, y se oyó un tranquilo golpeteo sobre el techo de paja—. Oh, muy bien —dijo el alto caballero, un poco malhumorado—, un milagro, una maravilla. Mañana lograrás el Deseo de tu Corazón. Y ahora, toma tu dinero.

Lo sacó de la oreja de Dunstan, con un gesto frívolo. El joven golpeó las monedas contra un clavo de hierro de la puerta para comprobar que no se trataba de oro del País de las Hadas, y después se inclinó ante el caballero y salió bajo la lluvia. Envolvió el dinero en su pañuelo y anduvo hacia el establo bajo la fuerte lluvia. Subió al pajar y pronto se durmió. Durante la noche fue consciente de los truenos y los relámpagos, aunque no se despertó; pero muy de madrugada, sí le sacudió alguien que, torpemente, le pisó los pies.

—Perdón —dijo una voz—. Es decir, discúlpeme.

—¿Quién es? ¿Quién hay ahí? —preguntó Dunstan.

—Sólo yo —dijo la voz—. Vengo por el mercado. Dormía en un árbol hueco, pero un relámpago lo ha derribado, cascado como a un huevo y hecho trizas como a una ramita, y la lluvia se me ha metido por el cuello y amenaza con empapar mi equipaje, donde llevo cosas que deben permanecer tan secas como el polvo, y en todos mis viajes siempre las he mantenido tan seguras como que el día es día, aunque todo estuviera tan húmedo como...

—¿El agua? —sugirió Dunstan.

—O más incluso —continuó la voz en la oscuridad—. Así que me pregunto —continuó—, si no os importaría que me refugie bajo vuestro techo, ya que no soy demasiado voluminoso y no os molestaré, ni nada parecido.

—Mientras no me pises —suspiró Dunstan.

Entonces un relámpago iluminó el establo, y Dunstan vio algo pequeño y peludo en el rincón, con un gran sombrero flexible. Y después, la oscuridad.

—Espero no molestarle —dijo la voz, que ciertamente sonaba bastante peluda, ahora que Dunstan prestaba atención.

—No me molestas —dijo Dunstan, que estaba muy cansado.

—Eso está bien —afirmó la voz peluda—, porque no querría molestarle en absoluto.

—Por favor —rogó Dunstan—, déjame dormir. Por favor.

Se oyó un resoplido, que pronto fue seguido de unos suaves ronquidos.

Dunstan se dio la vuelta sobre el heno. La persona —quien fuera o qué fuera— se tiró un pedo, se rascó y empezó a roncar de nuevo.

Dunstan oyó la lluvia sobre el tejado del establo y pensó en Daisy Hempstock; en sus pensamientos caminaban juntos, y seis pasos por detrás iban un hombre alto con sombrero de copa y una criatura pequeña y peluda, cuya cara Dunstan no podía distinguir. Iban a ver el Deseo de su Corazón...

Υ

La luz brillante del sol le bañaba la cara y el establo estaba vacío. Se lavó y fue hacia la granja. Allí se puso su mejor chaqueta, su mejor camisa y sus mejores calzones, y rascó el barro de sus botas con una navajita de bolsillo. Luego fue a la cocina, besó a su madre en la mejilla y se sirvió un buen pedazo de pan y mantequilla recién hecha.

Y entonces, con el dinero bien atado en su pañuelo de batista de los domingos, se dirigió hacia el pueblo de Muro y dio los buenos días a los guardas de la abertura. A través de ésta pudo ver cómo se levantaban tiendas de colores, tenderetes y banderas, y cómo la gente iba de un lado para otro.

—No podemos dejar pasar a nadie hasta mediodía —dijo el guarda.

Dunstan se encogió de hombros y fue a la taberna, donde pensó en lo que compraría con sus ahorros (la brillante media corona que había ahorrado y los seis peniques de la suerte, con un agujero en medio, que llevaba colgados del cuello), y con el pañuelo lleno de monedas extraordinarias. Había olvidado completamente que la noche anterior también le habían prometido otra cosa. Con las campanadas de mediodía, Dunstan se dirigió hacia el muro y, nervioso como si rompiera el mayor de los tabúes, atravesó la entrada; entonces se dio cuenta de que tenía al lado al caballero del sombrero de copa negro, que le saludó.

—Ah, mi casero. ¿Cómo os encontráis hoy, señor?

—Muy bien —respondió Dunstan.

—Pasea conmigo —dijo el hombre alto—. Caminemos juntos.

Caminaron a través del prado, hacia las tiendas.

—¿Has estado aquí antes? —preguntó el hombre alto.

—Fui al último mercado, hace nueve años. Sólo era un niño —reconoció Dunstan.

—Bien —dijo su huésped—, recuerda que debes ser educado y no aceptar regalos; ten presente que eres un invitado. Y ahora te pagaré la parte del alquiler que aún te debo. Porque hice un juramento. Mis regalos duran mucho tiempo... tú y tu primogénito y su primogénito... Es un regalo que durará mientras yo viva.

—¿Y qué regalo será ése, señor?

—El Deseo de tu Corazón, recuerda —dijo el caballero del sombrero de copa—. El Deseo de tu Corazón.

Dunstan hizo una reverencia y ambos se dirigieron hacia la feria.

—¡Ojos, ojos! ¡Ojos nuevos a cambio de viejos! —gritaba una mujer menuda ante una mesa cubierta de botes y jarras llenas de ojos de todo tipo y color.

—¡Instrumentos de música de cien tierras distintas!

—¡Tonadas de penique! ¡Canciones de dos peniques! ¡Himnos corales de tres peniques!

—¡Prueba tu suerte! ¡Adelante! ¡Responde a un simple enigma y gana una flor de viento!

—¡Lavanda eterna! ¡Tela de campanillas!

—¡Sueños embotellados, un chelín la botella!

—¡Capas de noche! ¡Capas de crepúsculo! ¡Capas de atardecer!

—¡Espadas de fortuna! ¡Cetros de poder! ¡Anillos de eternidad! ¡Cartas de gracia! ¡Por aquí, por aquí, adelante!

—¡Salvias y ungüentos, filtros y remedios!

Dunstan se detuvo ante un tenderete cubierto de ornamentos de cristal y examinó los animales en miniatura, preguntándose si comprar uno para Daisy Hempstock. Cogió un gato de cristal, no más grande que su pulgar. Con un gesto de sabiduría, el gato le guiñó un ojo y, sobresaltado, Dunstan lo soltó; el animalito se retorció en el aire como un gato de verdad y cayó sobre sus cuatro patas. Luego se dirigió hacia un rincón del tenderete y empezó a lamerse.

Dunstan siguió andando por el abarrotado mercado. Bullía de gente; allí estaban todos los extranjeros que habían llegado hacía semanas a Muro y también muchos de los habitantes del pueblo. El señor Bromios había levantado una tienda de vinos y vendía vino y pasteles a la gente del pueblo, que a menudo se sentía tentada por los manjares que vendía la gente del Otro Lado del muro, pero a quienes sus abuelos, que lo sabían por sus abuelos, habían advertido que era un terrible, funesto error, comer comida de las hadas, disfrutar la fruta de las hadas, beber el agua de las hadas y degustar el vino de las hadas.

Cada nueve años, la gente del otro lado de la colina levantaba sus tenderetes, y durante un día y una noche el prado acogía el Mercado de las Hadas, de modo que había, durante un día y una noche, comercio entre las naciones. Había maravillas a la venta, y prodigios, y milagros; se podían encontrar cosas jamás soñadas y objetos inimaginados («¿qué necesidad —se preguntó Dunstan— podría tener alguien de unas cáscaras de huevo rellenas de tormenta?»). Hizo tintinear el dinero que llevaba atado en el pañuelo y buscó algo pequeño y barato con lo que divertir a Daisy.

Oyó un suave repiqueteo en el aire por encima del fragor del mercado, y hacia allí se dirigió. Pasó junto a un tenderete donde cinco hombres enormes bailaban al son lúgubre de un organillo que tocaba un oso negro de aspecto triste; pasó por un puesto donde un hombre calvo vestido con un kimono de colores brillantes rompía platos de porcelana y los arrojaba a un tazón ardiente del que manaba humo de colores, mientras llamaba a los paseantes.

El repiqueteo se hizo más insistente y perceptible.

Llegó al quiosco desde donde procedía el ruidito, pero no vio a nadie. Estaba cubierto de flores: dedaleras y narcisos y dientes de león, y también violetas y lirios, pequeñas rosas carmesíes, pálidas campanillas blancas, nomeolvides azules y gran profusión de otras flores que Dunstan no pudo nombrar. Cada flor estaba hecha de vidrio o de cristal, moldeada o tallada, no supo decirlo, pero imitaban perfectamente la realidad. Y repiqueteaban como lejanas campanas de cristal.

—¿Hola? —dijo Dunstan.

—Muy buenas tenga usted, en este Día de Mercado —dijo la encargada del tenderete, que bajó de la caravana que había tras la mesa y el toldo, con una amplia sonrisa llena de dientes blancos sobre su cara oscura.

Era del pueblo del Otro Lado del muro, supo enseguida Dunstan por sus ojos y por sus orejas, que eran visibles bajo su pelo negro y rizado. Sus ojos eran de un violeta profundo, mientras que sus orejas se semejaban a las de un gato, delicadamente curvadas y cubiertas de un vello fino y oscuro. Era muy bella.

Dunstan tomó una flor del tenderete.

—Es muy bonita —dijo. Era una violeta, que tintineaba en su mano con un sonido similar al que se logra humedeciendo el dedo y frotando con cuidado el borde de una copa de vino—. ¿Cuánto vale?

Ella se encogió de hombros, absolutamente encantadora.

—El precio nunca se discute de entrada —le dijo—. Podría ser mucho más de lo que estás dispuesto a pagar; entonces tú te irías y ambos saldríamos perdiendo. Discutamos sobre la mercancía de una manera más general.

Dunstan hizo una pausa. El caballero del sombrero de copa de seda negra pasó junto al tenderete.

—Hecho —le murmuró al oído—. Mi deuda contigo está saldada, y mi alquiler pagado y bien pagado.

—¿De dónde provienen estas flores? —solicitó Dunstan.

Ella sonrió con malicia.

—En una ladera del monte Calamon crece un claro de flores de cristal; el viaje hasta allí es peligroso, y el viaje de vuelta aún lo es más.

—¿Y qué utilidad tienen?

—El empleo de estas flores es sobre todo decorativo y recreativo; dan placer, pueden ser entregadas a la persona amada como prueba de admiración y afecto, y el sonido que emiten es agradable al oído. También reflejan la luz de la manera más deliciosa que hayas visto. —Y levantó una campanilla para que la viera al trasluz. Dunstan observó que el color de la luz del sol, destellando a través del cristal púrpura, era inferior en matiz y en tono a los ojos de ella.

—Ya veo —dijo Dunstan.

—También se usan en ciertos encantos y hechizos. ¿El señor quizás es mago...?

Dunstan sacudió la cabeza. Se dio cuenta de que había algo especial en aquella joven.

—Ah. Aun así, son de lo más encantadoras.

Lo especial era una fina cadena de plata que iba desde la muñeca de la joven hasta su tobillo, y que se perdía después en la caravana.

Dunstan se lo hizo notar.

—¿La cadena? Me ata al tenderete. Soy esclava de la bruja a quien pertenece esto. Me atrapó hace muchos años, cuando yo jugaba en las cascadas de las tierras de mi padre, en lo alto de las montañas; me atrajo haciéndose pasar por una hermosa rana, conduciéndome un poco más allá de mi alcance, hasta que sin darme cuenta abandoné las tierras de mi padre y ella recuperó su verdadera forma y me metió en un saco.

—¿Y serás su esclava para siempre?

—No para siempre. —La chica del País de las Hadas sonrió—. Lograré mi libertad el día que la luna pierda a su hija, si eso ocurre una semana en que coincidan dos lunes. Lo espero con paciencia. Y mientras, hago lo que me ordenan, y también sueño. ¿Me comprarás una flor ahora, joven señor?

—Me llamo Dunstan.

—Y es un nombre bien honesto. ¿Dónde tenéis las tenazas, maese Dunstan? ¿Atraparéis al diablo por la nariz?

—¿Cuál es vuestro nombre? —preguntó Dunstan, que se ruborizó vivamente.

—No tengo nombre. Soy una esclava, y el nombre que tenía me fue arrebatado. Respondo cuando me dicen «¡eh, tú!», o «¡chica!» o «¡sucia estúpida!», o cualquier otro improperio.

Dunstan se dio cuenta de cómo la tela sedosa de su vestido se aferraba a su cuerpo; fue consciente de sus curvas elegantes y de sus ojos violeta puestos sobre él, y tragó saliva.

Dunstan se metió la mano en el bolsillo y sacó su pañuelo. Ya no podía mirar a la mujer. Volcó el dinero sobre el mostrador.

—Cóbrate lo que valga esto —dijo, escogiendo de la mesa una campanilla blanca y pura.

—En este tenderete no aceptamos dinero. —Le devolvió las monedas.

—¿No? ¿Y entonces qué aceptáis? —Ahora estaba de lo más nervioso y su única misión era obtener una flor para... para Daisy, Daisy Hempstock... Obtener su flor y partir, porque, a decir verdad, la joven le estaba haciendo sentir terriblemente incómodo.

—Podría quedarme el color de tu pelo —dijo ella—, o todos tus recuerdos antes de los tres años. Podría quedarme con el oído de tu oreja izquierda... no todo, sólo el suficiente como para que no disfrutaras de la música, ni de la corriente de un río, ni del suspiro del viento.

Dunstan sacudió la cabeza.

—O un beso tuyo. Un beso, aquí en mi mejilla.

—¡Eso lo pagaré de buen grado! —dijo Dunstan, que se inclinó sobre el tenderete, entre el repiqueteo de las flores de cristal, y depositó un beso casto en su suave mejilla.

Entonces pudo oler su aroma, embriagador, mágico; le llenó la cabeza y el pecho y la mente.

—Bien, ya está —dijo ella, y le entregó su campanilla blanca. Él la tomó con unas manos que de pronto le parecían enormes y torpes, en absoluto pequeñas y perfectas en todos los aspectos, como las de la chica del País de las Hadas—. Y esta noche volveremos a vernos aquí, Dunstan Thorn, cuando la luna se oculte. Ven aquí y silba como un mochuelo. ¿Sabes hacerlo?

Él asintió y se alejó de ella vacilante; no le hacía falta preguntar cómo sabía su apellido, se lo había arrancado, junto con otras cosas, como por ejemplo su corazón, cuando él la besó.

La campanilla cantaba en su mano.

—Vaya, Dunstan Thorn —dijo Daisy Hempstock, cuando le encontró junto a la tienda del señor Bromios, sentada con su familia, comiendo grandes salchichas y bebiendo cerveza negra—. ¿Acaso ocurre algo?

—Te he traído un regalo —murmuró él, y le ofreció la sonora campanilla blanca de cristal, que brilló a la luz del sol de la tarde. Ella la tomó de su mano, asombrada, con unos dedos aún untados de grasa de salchicha. Impulsivamente, Dunstan se inclinó hacia ella y, ante su madre y su padre y su hermana, delante de Bridget Comfrey y el señor Bromios y de todos los demás, la besó en la tersa mejilla.

El escándalo era previsible; pero el señor Hempstock, que no en vano había vivido cincuenta y siete años al borde del País de las Hadas y las Tierras Más Allá, exclamó:

—¡Callad todos! Miradle los ojos. ¿No veis que el pobre chico está trastocado y confundido? Os aseguro que está encantado. ¡Hey! ¡Tommy Forester! Ven aquí, lleva al joven Dunstan Thorn al pueblo y vigílale; déjale dormir, si es lo que quiere, o háblale si le conviene hablar...

Y Tommy se llevó a Dunstan del mercado, de vuelta hacia el pueblo de Muro.

—Bueno, Daisy —dijo su madre, acariciándole el pelo—, sólo está un poco tocado por los elfos, nada más. No hace falta ponerse así. —Y sacó un pañuelo de blonda de su generoso busto para secar las mejillas de su hija.

Daisy levantó la mirada, le cogió el pañuelo y se sonó con él, sollozando. Y la señora Hempstock observó, con cierta perplejidad, que Daisy parecía sonreír tras las lágrimas.

—Pero madre, ¡Dunstan me ha besado! —dijo Daisy Hempstock, y se colocó la campanilla blanca de cristal en el sombrero, donde resplandecía y resonaba.

El señor Hempstock y el padre de Dunstan hallaron el tenderete donde se vendían las flores de cristal; pero tras éste sólo había una mujer vieja, acompañada de un exótico y hermosísimo pájaro, encadenado a su percha con una fina cadena de plata; fue imposible razonar con la vieja, que sólo hablaba de uno de los tesoros de su colección, echado a perder por una inútil total, y decía que ése era el resultado de la ingratitud y de esta triste época moderna, y de los criados de hoy en día.

En el pueblo vacío (¿quién iba a quedarse en el pueblo, si podía ir al mercado?), Dunstan fue llevado hasta La Séptima Garza, donde le instalaron en un banco de madera. Reposó con la frente en la mano, con la vista perdida nadie sabe dónde y, de vez en cuando, suspiraba unos enormes suspiros, como el viento.

Tommy Forester intentó hablar con él.

—Bueno, veamos, viejo amigo, anímate, eso es lo que hay que hacer, a ver, enséñame una sonrisa, ¿eh? ¿No te apetece comer nada? ¿Ni nada de beber? ¿No? Te juro que estás muy raro, Dunstan, viejo amigo...

Pero al no conseguir sonsacarle respuesta alguna, Tommy empezó a echar en falta el mercado, donde en esos precisos instantes (se rascó su dolorida mandíbula) la hermosa Bridget sufría el acecho de un enorme e imponente caballero de ropajes exóticos con un pequeño mono que parloteaba. Y después de asegurarse de que su amigo no tenía, o al menos eso parecía, ninguna intención de abandonar la posada vacía, Tommy volvió a atravesar el pueblo hasta la abertura del muro, y la traspasó de nuevo. Para entonces, el lugar era un hervidero: un escenario salvaje de espectáculos de marionetas, malabaristas y animales danzantes, subastas de caballos y una exposición de toda clase de cosas a la venta o canjeables...

A esa hora, última de la tarde, empezó a salir otro tipo de gente. Había un pregonero, que daba noticias del modo en que un periódico moderno imprime titulares:

—¡El señor de Stormhold sufre una misteriosa enfermedad! ¡La Colina de Fuego se ha mudado a la Plaza Fuerte de Dene! ¡El único heredero del propietario de Garamond es transformado en un cerdito gruñón! —Por una moneda ampliaba la información sobre estas gentes y lugares.

El sol se puso, y una enorme luna de primavera apareció, bien alta ya en los cielos. Sopló una brisa helada. Ahora los comerciantes se retiraban al interior de sus tiendas, y los visitantes del mercado les oían susurrar, invitándolos a participar de numerosas maravillas, todas disponibles por un precio.

Y mientras la luna bajaba hacia el horizonte, Dunstan Thorn anduvo calladamente por las calles empedradas del pueblo de Muro. Pasaron a su lado muchos juerguistas, visitantes y extranjeros, pero pocos se fijaron en él.

Traspasó la abertura del muro —era muy grueso— y Dunstan se preguntó, al igual que su padre antes que él, qué ocurriría si anduviera por encima de aquella pared. Por la abertura cruzó al prado, y aquella noche, por vez primera en su vida, Dunstan pensó en continuar más allá, cruzar el arroyo y desaparecer entre los árboles, lejos de los campos conocidos. Recibió incómodo estos pensamientos, como recibe alguien a unos invitados inesperados, y los apartó de su mente en cuanto alcanzó su objetivo, como alguien que se disculpase al recordar una cita previa.

La luna se ocultaba.

Dunstan se llevó las manos a la boca y silbó. No hubo respuesta; el cielo sobre su cabeza era de un color profundo... azul, quizás, o púrpura, negro no, salpicado de más estrellas de las que la mente podía contener.

Silbó una vez más.

—Eso —le dijo ella con aspereza— no se parece en nada a un mochuelo. Podría ser un búho de las nieves, un búho común, incluso. Si tuviera un par de ramitas metidas en las orejas, quizá podría hacerme pensar incluso en una lechuza. Pero de ningún modo en un mochuelo.

Dunstan se encogió de hombros y sonrió, un poco tontamente. La mujer del País de las Hadas se sentó a su lado. Ella le embriagaba; la estaba respirando, la sentía a través de los poros de su piel. Se acercó a él.

—¿Crees que estás bajo un hechizo, hermoso Dunstan?

—No lo sé.

Ella rio y el sonido fue como el de un riachuelo limpio, burbujeando entre rocas y cantos.

—No estás bajo ningún hechizo, hermoso, hermoso chico.

Se echó sobre la hierba y contempló el cielo.

—Vuestras estrellas —preguntó—. ¿Cómo son? —Dunstan también se echó sobre la hierba fresca, y contempló el cielo nocturno. Sin duda algo raro tenían las estrellas; quizá más color, quizás algo extraño sucedía con el número de estrellas menudas, con las constelaciones; algo extraño y maravilloso sucedía con las estrellas. Pero entonces...

Echados el uno junto al otro, contemplaban el cielo.

—¿Qué quieres de la vida? —preguntó la chica del reino de las hadas.

—No lo sé —reconoció él—. A ti, creo.

—Yo quiero mi libertad —dijo ella.

Dunstan agarró la cadena de plata que ataba su muñeca a su tobillo y que se perdía entre la hierba. Tiró de ella. Era más fuerte de lo que parecía.

—Aliento de gato y escamas de pez mezcladas con luz de luna y plata —le dijo ella—. Irrompible hasta que los términos del hechizo se consuman.

—Oh. —Dunstan volvió a echarse sobre la hierba.

—No debería importarme, pues es una cadena muy, muy larga; pero saber que existe es algo que me irrita, y echo de menos la tierra de mi padre. Y la bruja tampoco es que sea la mejor de las amas...

Y entonces calló. Dunstan se inclinó hacia ella, alargó una mano para tocarle la cara, notó que algo húmedo y caliente le mojaba la palma.

—Pero... ¿estás llorando?

Ella no dijo nada. Dunstan la atrajo hacia sí, y le empezó a limpiar torpemente la cara con su manaza; y entonces acercó el rostro hacia sus sollozos y, sin atreverse del todo, sin saber si hacía o no lo correcto dadas las circunstancias, la besó de lleno en los labios ardientes. Hubo un momento de duda, y entonces la boca de ella se abrió, y su lengua se deslizó entre los labios de él, y Dunstan quedó, bajo aquellas extrañas estrellas, irrevocablemente perdido.

Había besado antes a algunas chicas del pueblo, pero no había llegado más allá.

Su mano palpó los pequeños pechos de ella a través de la seda de su vestido, y tocó sus duros pezones. Ella se abrazó a él como si se estuviera ahogando, y se peleó con sus pantalones, con su camisa. Era tan pequeña que él tenía miedo de hacerle daño, de romperla. No fue así. Ella se retorció y se removió debajo de él, jadeando y sacudiéndose, y guiándole con la mano. Depositó un centenar de besos ardientes sobre su cara y su pecho, y entonces se colocó encima de él, montándole, jadeando y riendo, sudada y escurridiza como un pez, y él se arqueaba y empujaba y estaba lleno de júbilo, con la cabeza repleta de ella y sólo de ella; de haberlo sabido, habría gritado su nombre.

Al final, él había querido salir, pero ella le retuvo en su interior, le envolvió fuertemente con las piernas y apretó con tanta fuerza que Dunstan sintió que los dos ocupaban el mismo espacio en el universo; como si, durante un poderoso y sobrecogedor momento, fueran ambos la misma persona, dando y recibiendo, mientras las estrellas se desvanecían en el cielo que precede al alba.

Se tumbaron juntos, uno al lado del otro.

La mujer del País de las Hadas se ajustó el vestido de seda y una vez más quedó decorosamente cubierta. Dunstan se subió los pantalones, con pesar. Apretó la mano de la chica entre las suyas. El sudor se secó sobre su piel, y se sintió frío y solo.

Ahora podía verla, mientras el cielo cobraba una luz gris antes del alba. Los animales se revolvían agitados, los caballos golpeaban el suelo con sus cascos, los pájaros empezaban a cantar para atraer al alba, y aquí y allí, por todo el mercado, la gente empezaba a levantarse y a entrar en movimiento en el interior de las tiendas.

—Ahora, vete —dijo ella, y le miró, con algo de pesar y con los ojos del color del cielo de la mañana.

Y le besó delicadamente en la boca, con labios que sabían a mermelada de moras, y se levantó y volvió a la caravana de gitanos que había tras el tenderete.

Confuso y solo, Dunstan atravesó el mercado, sintiéndose mucho más viejo de lo que debiera con dieciocho años. Volvió al establo, se quitó las botas y durmió hasta despertar, cuando el sol ya estaba bien alto en el cielo.

Al día siguiente el mercado terminó, aunque Dunstan no

regresó a él, y los extranjeros abandonaron el pueblo y la vida en Muro volvió a la normalidad, que posiblemente era un poco menos normal que la vida en la mayoría de pueblos (particularmente cuando el viento soplaba en la dirección equivocada), pero, con todo y con eso, era bastante normal.

Dos semanas después del mercado, Tommy Forester pidió la mano a Bridget Comfrey y ella aceptó. Y a la semana siguiente, la señora Hempstock fue por la mañana a visitar a la señora Thorn. Tomaron té en la salita.

—Es una bendición lo del chico de los Forester —dijo la señora Hempstock.

—Sí que lo es —comentó la señora Thorn—. Tome otra magdalena, querida. Espero que su Daisy sea dama de honor.

—Espero que sea así —señaló la señora Hempstock—, si es que vive lo suficiente.

La señora Thorn levantó la vista, alarmada.

—¡Cómo! ¿Acaso está enferma, señora Hempstock? No me diga eso...

—No come nada, señora Thorn. Se nos está yendo. Sólo bebe un poco de agua de vez en cuando.

—¡Ay, Dios mío!

La señora Hempstock continuó diciendo:

—Anoche, por fin, descubrí la causa: es por su Dunstan.

La señora Thorn se llevó la mano a la boca.

—¿Dunstan? Acaso ha...

—Oh, no. Nada de eso. —La señora Hempstock movió visiblemente la cabeza y apretó los labios—. Ignora a Daisy. Hace muchos días que no va a verla. Y a ella se le ha metido en la cabeza que a Dunstan ya no le importa, y lo único que hace es sostener la campanilla blanca que él le regaló y sollozar.

La señora Thorn vertió más té del tarro en la tetera y añadió agua caliente.

—La verdad —reconoció—, Thorney y yo estamos un poco preocupados por Dunstan. ¡Está medio ido! Es la única manera que se me ocurre describirlo. No hace su trabajo. Thorney dice que este chico necesita sentar la cabeza, que si sentase la cabeza le cedería todos los prados del oeste.

La señora Hempstock asintió lentamente.

—Sin duda, el señor Hempstock vería con buenos ojos que nuestra Daisy fuese feliz. Seguro que le cedería un rebaño de nuestras ovejas.

Las ovejas de la familia Hempstock eran famosas por ser las mejores en varias leguas a la redonda... muy abrigadas e inteligentes (para ser ovejas), de cuernos retorcidos y cascos afilados.

Así quedó decidido, y Dunstan Thorn se casó en junio con Daisy Hempstock. Y si el novio parecía un poco distraído, la novia estaba tan radiante y hermosa como todas las novias de todos los tiempos.

A sus espaldas, sus padres discutían sobre la granja que harían construir en el prado del oeste para los recién casados, y sus madres se mostraron de acuerdo en lo preciosa que estaba Daisy y en que era una lástima que Dunstan no le hubiese dejado lucir la campanilla blanca que le compró en el mercado, a finales de abril, en su vestido de novia.

Y allí les dejaremos, entre una lluvia de pétalos de rosa, blancos, amarillos y, claro está, rosas.

O casi.

Vivieron en la casita de Dunstan mientras levantaban su pequeña granja, y ciertamente fueron razonablemente felices; el trabajo diario de criar ovejas, cuidarlas y esquilarlas poco a poco fue borrando aquella mirada lejana de los ojos de Dunstan.

Primero llegó el otoño, después el invierno y, a finales de

febrero, cuando el mundo se enfría y un viento amargo sopla por los páramos y a través del bosque desnudo de hojas, cuando las lluvias heladas caen de los cielos plomizos casi a diario, durante la época de cría de las ovejas; un día, a las seis de la tarde, a la hora en que el sol ya se había puesto y el cielo estaba oscuro, un cesto de mimbre fue depositado al otro lado de la abertura del muro.

Los guardas, cada uno en un extremo del portal, no se dieron cuenta al principio. Miraban hacia el otro lado y, como estaba oscuro y muy húmedo, se encontraban ocupados golpeando el suelo con los pies y contemplando sombríamente y con anhelo las luces del pueblo.

Entonces oyeron un gemido agudo.

Primero se fijaron en el cesto que tenían a sus pies, y después en el contenido del cesto, envuelto en seda aceitada y en mantitas de lana; vieron una cara roja y llorona, con los ojos muy cerrados y una gran boca abierta, chillona y hambrienta. Sujeto a la manta del bebé con una aguja de plata, hallaron un fragmento de pergamino donde habían escrito en letras elegantes, aunque algo pasadas de moda, las siguientes palabras:

Tristran Thorn

Capítulo 2
Donde Tristran Thorn llega a la edad adulta y hace una promesa audaz

*P*asaron los años.

El Mercado de las Hadas se celebró una vez más al otro lado del muro; sin embargo Tristran Thorn, que ya tenía ocho años, no lo visitó, pues fue enviado con unos parientes, en extremo lejanos, a un pueblo que se hallaba a un día de viaje.

Su hermana Louisa, seis meses más pequeña que él, sí pudo acudir al mercado, y esto sentó bastante mal al chico. Louisa trajo un globo de cristal lleno de destellos de luz que chisporroteaban y relampagueaban en el crepúsculo y que desprendía un cálido y amable resplandor en la oscuridad de su dormitorio en la granja, mientras que Tristran lo único que trajo consigo de casa de sus parientes fueron unas paperas.

La gata de la granja tuvo gatitos: dos blancos y negros como ella y una pequeña con un pelaje azul ceniciento y ojos que cambiaban de color según su estado de ánimo, de verde y oro a salmón, escarlata y bermellón.

Dieron esta gatita a Tristran para consolarle por haberse perdido el mercado; ésta creció y era la gata más dulce del mundo, hasta que, una noche, empezó a rondar impaciente por la casa, a maullar y gruñir y a lanzar miradas a todos lados con ojos del color rojo y púrpura de las dedaleras; y cuando el padre de Tristran volvió después de pasar todo el día en el campo, la gata chilló, salió por la puerta entreabierta y desapareció en la oscuridad.

Los guardas del portal vigilaban a la gente, no a los gatos; y Tristran jamás volvió a ver a su gata azul. Tenía doce años, y durante un tiempo estuvo inconsolable. Su padre fue una noche a su dormitorio y se sentó al extremo de la cama, y le dijo rudamente:

—Será más feliz al otro lado del muro, con los de su raza. No sufras más, chico.

Su madre no le dijo nada sobre el asunto, porque bien poca cosa solía decir ante cualquier tema. A veces Tristran levantaba la cabeza y veía que su madre le miraba intensamente, como si intentase arrancar algún secreto de su cara. Louisa, su hermana, le martirizaba por esto cuando se dirigían a la escuela del pueblo cada mañana, igual que le martirizaba por muchas otras cosas; por ejemplo, la forma de sus orejas (tenía la oreja derecha pegada a la cabeza, y casi en punta; la izquierda no), o las tonterías que decía: una vez Tristran comentó que las nubes pequeñas, blancas y algodonosas que se amontonaban por todo el horizonte cuando se ponía el sol y ellos volvían a casa de la escuela eran ovejas. No sirvió de nada que después él dijera que tan sólo se refería a que le recordaban unas ovejas, o que algo de algodonoso y aborregado tenían esas nubes; Louisa se rio y se burló y lo martirizó como un duende, e incluso peor: se lo contó a los demás niños, y les incitó a balar disimuladamente cuando Tristran pasaba por su lado. Louisa había nacido para sembrar cizaña, y siempre hacía rabiar a su hermano.

La escuela del pueblo era una buena escuela, y Tristran Thorn lo aprendió todo sobre las fracciones, la longitud y la latitud; también aprendió a pedir en francés la pluma de la tía del jardinero, e incluso la pluma de su propia tía; aprendió los reyes y reinas de Inglaterra desde Guillermo el Conquistador, 1066, hasta Victoria, 1837. Aprendió a leer, y su caligrafía no era mala. Raramente había forasteros por el pueblo, pero de vez en cuando se acercaba un buhonero que vendía pliegos de cordel en los que se relataban horribles asesinatos, hallazgos fortuitos, hazañas increíbles y fugas memorables. Los buhoneros vendían partituras de canciones, dos por un penique, y las familias se reunían alrededor de sus pianos y cantaban canciones como «Cereza madura» y «En el jardín de mi padre».

Y así pasaban los días, y las semanas, y así pasaron también los años. Por un proceso de ósmosis, de chistes verdes, secretos susurrados y adivinanzas obscenas, Tristran supo del sexo a los catorce años. Cuando tenía quince se hizo daño en el brazo al caer del manzano que había junto a la casa del señor Thomas Forester; en concreto, del manzano que daba a la ventana del dormitorio de la señorita Victoria Forester, desde donde sólo había podido entrever un destello rosado y confuso de Victoria, que tenía la edad de su hermana y era, sin duda alguna, la chica más hermosa en cien leguas a la redonda.

Cuando Victoria tenía diecisiete años, los mismos que Tristran, la chica era con toda probabilidad (aunque él estaba seguro) la más bella de todas las Islas Británicas. Tristran habría insistido en que era la chica más bonita de todo el imperio Británico —si no de todo el mundo— y habría pegado a cualquiera, o habría estado dispuesto a ello, que se lo hubiese discutido. De todos modos, hubiera sido difícil encontrar a alguien en Muro que hubiera estado dispuesto a discutirlo: Victoria hacía volver muchas cabezas, y lo más probable es que rompiera muchos corazones. Una descripción: tenía los ojos grises y la cara en forma de corazón de su madre, y el pelo rizado y castaño de su padre. Tenía los labios rojos y perfectamente formados, y sus mejillas se encendían arrebatadoramente cuando hablaba. Era de piel pálida y absolutamente deliciosa. A los dieciséis años se enfrentó seriamente a su madre porque se le había metido en la cabeza que quería trabajar en La Séptima Garza de camarera.

—He hablado con el señor Bromios sobre esto —le dijo— y él no tiene ninguna objeción.

—Lo que opine o deje de opinar el señor Bromios —replicó la madre— no tiene la menor importancia. Es una ocupación de lo más inapropiada para una jovencita.

El pueblo de Muro contempló con fascinación el pulso entre ambas voluntades preguntándose cuál podría ser el resultado, porque nadie se atrevía con Bridget Forester: tenía una lengua que podía, decían los paisanos, quemar la pintura de la puerta de un granero y arrancar la corteza a un roble. Nadie en todo el pueblo hubiera querido estar a malas con Bridget Forester, y se decía que era más probable que el muro saliese andando que que alguien lograse hacerle cambiar de opinión.

Victoria Forester, sin embargo, estaba acostumbrada a salirse con la suya, y si todo lo demás fracasaba, o incluso si no era así, ella apelaba a su padre y él accedía a todas sus peticiones. Pero en este caso Victoria se sorprendió, porque su padre estuvo de acuerdo con su madre, y dijo que servir mesas en La Séptima Garza era algo que una señorita bien educada no debía hacer. Thomas Forester levantó la barbilla y no se habló más del asunto.

Todos los chicos del pueblo estaban enamorados de Victoria Forester, e incluso más de un apacible caballero, cómodamente casado y con barba gris, se sentía durante unos instantes, al contemplarla cuando pasaba por la calle, como si fuera de nuevo un muchacho en la primavera de sus años y con el paso alegre.

—Aseguran que incluso el señor Monday se cuenta entre tus admiradores —dijo Louisa Thorn a Victoria Forester, una tarde de mayo, en el huerto de los manzanos.

Cinco chicas estaban sentadas junto al manzano más viejo del huerto, o se apoyaban en sus ramas más bajas, pues el enorme tronco ofrecía perfecto apoyo y soporte. Cuando corría la brisa de mayo, las flores rosas caían como copos de nieve y reposaban en sus cabellos y en sus faldas. La luz del sol de la tarde se teñía de verde, oro y plata a través de las hojas en el huerto de los manzanos.

—El señor Monday —dijo Victoria Forester con desdén— tiene cuarenta y cinco años, como mínimo. —Hizo una mueca para indicar lo viejo que resulta alguien de cuarenta y cinco años cuando se tienen diecisiete.

—De todas maneras —dijo Cecilia Hempstock, prima de Louisa—, ya ha estado casado. Yo no querría casarme con alguien que ya ha estado casado. Sería como si otra persona hubiera domado a tu propio poni.

—Personalmente, imagino que ésa sería la única ventaja de casarse con un viudo —dijo Amelia Robinson—: que otra persona se haya encargado de pulir las imperfecciones; de domarlo, como tú dices. Además, me imagino que a esa edad sus apetitos ya deben de haber quedado saciados hace tiempo y ya no deben molestarle, cosa que libraría a una de gran número de indignidades.

Un surtidor de risitas rápidamente acalladas se alzó entre las flores de manzano.

—Sin embargo —dijo Lucy Pippin, vacilante—, sería muy bonito vivir en la gran casa, y tener un carruaje con cuatro caballos, y poder ir cada temporada a Londres y a Bath a tomar las aguas, o a Brighton a bañarse en el mar, aunque el señor Monday tenga cuarenta y cinco años.

Las otras chicas chillaron y le tiraron puñados de flores de manzano, y ninguna chillaba más alto, ni tiraba más flores, que Victoria Forester.

Tristran Thorn, a sus diecisiete años, y tan sólo seis meses mayor que Victoria, estaba a medio camino entre ser un muchacho y un hombre, e igualmente incómodo en ambos casos. Parecía compuesto esencialmente de dos codos y una nuez en el cuello, con una constelación de acné en la mejilla derecha. Su pelo era del color marrón de la paja mojada y le salía disparado, incómodo, en todas direcciones —como ocurre siempre a los diecisiete—, por mucho que lo humedeciera y se lo peinara. Era dolorosamente tímido, hecho que, del modo en que hace la gente dolorosamente tímida, compensaba en exceso siendo demasiado escandaloso en los momentos equivocados. La mayoría de los días, Tristran se sentía satisfecho —o tan satisfecho como puede sentirse un chaval de diecisiete años con todo por delante— y cuando soñaba despierto, en los campos, o tras el alto escritorio en el cuarto trasero de Monday & Brown, la tienda del pueblo, soñaba con viajar en tren hasta Londres o Liverpool, y tomar allí un vapor que atravesara el gris Atlántico hasta América, para hacer su fortuna entre los salvajes de las nuevas tierras. Pero otras veces el viento soplaba del otro lado del muro, y traía consigo olor a menta y a tomillo y a grosella; en esos momentos se veían colores extraños en las llamas de las chimeneas del pueblo, y los más simples aparatos, desde las cerillas hasta las linternas mágicas, no funcionaban. En tales circunstancias, las ensoñaciones de Tristran Thorn eran fantasías extrañas, culpables, confusas y raras: viajes a través de bosques para rescatar a princesas de palacios, sueños de caballeros y ogros y sirenas. Cuando este estado de ánimo le asaltaba, salía a escondidas de la casa, se echaba sobre la hierba y contemplaba las estrellas. Pocos de nosotros hemos visto las estrellas como las veían entonces, pues nuestras ciudades y pueblos proyectan demasiada luz en la noche; desde el pueblo de Muro, las estrellas se dibujaban en el firmamento como mundos o como ideas, incontables como los árboles del bosque o las hojas de un árbol, y él contemplaba la oscuridad del cielo hasta que no pensaba absolutamente en nada, y después volvía a su cama y dormía como un muerto.

Era una larguirucha figura llena de capacidad, un barril de dinamita que esperaba que alguien o algo encendiera su mecha, aunque nadie lo hacía, y así los fines de semana y cada noche ayudaba a su padre en la granja, y durante el día trabajaba para el señor Brown, en Monday & Brown, como escribiente. Monday & Brown era la tienda del pueblo. Aunque tenían cierto número de provisiones indispensables en el almacén, la mayoría de transacciones se realizaban a través de listas: la gente del pueblo entregaba al señor Brown una lista de lo que necesitaba, desde carnes en conserva hasta desinfectante para las ovejas, pasando por cuchillos de pescado o tejas de chimenea; un escribiente de Monday & Brown confeccionaba una lista con todos los pedidos y el señor Monday se iba con esa lista y un carromato tirado por dos enormes caballos percherones a la capital del condado más cercano, para regresar al cabo de unos días bien cargado de provisiones de todo tipo.

Era un día frío y ventoso de finales de octubre, uno de esos días en que todo el rato parece que va a llover, pero nunca acaba lloviendo, y era bien entrada la tarde. Victoria Forester apareció en Monday & Brown con una lista, escrita con la letra precisa de su madre, y tocó la campanilla que había sobre el mostrador para que la atendieran. Pareció algo decepcionada cuando vio que Tristran Thorn salía del cuarto trasero.

—Buenos días, señorita Forester.

Ella le sonrió con una sonrisa tensa y entregó a Tristran su lista, que incluía lo siguiente:

Medio kilo de palmitos
10 latas de sardinas
1 botella de salsa de tomate con champiñones

5 kilos y medio de arroz
1 lata de caramelo líquido
1 kilo de pasas de Corinto
1 botella de cochinilla
Medio litro de azúcar de cebada
1 caja de un chelín de cacao selecto Rowntrees
1 lata de tres peniques de lustre de cuchillos Oakley's
6 peniques de betún Brunswick
1 sobre de caldo de cola de pescado Swinborne's
1 botella de cera para muebles
1 cazoleta
1 colador de salsa de nueve peniques
1 escalerita de cocina.

Tristran la leyó para sí, buscando algún tema sobre el que poder entablar conversación: algún tópico de alguna clase... lo que fuera.

Se oyó a sí mismo diciendo:

—Imagino, pues, que van a comer arroz con leche, señorita Forester.

En cuanto lo dijo, supo que había sido un error. Victoria frunció sus labios perfectos, sus ojos grises parpadearon y contestó:

—Sí, Tristran. Comeremos arroz con leche. —Y entonces sonrió y añadió—: Mamá dice que una cantidad suficiente de arroz con leche ayuda a prevenir resfriados y catarros y otras dolencias otoñales.

—Mi madre —confesó Tristran— siempre ha dicho lo mismo del flan de tapioca.

Ensartó la lista en un clavo.

—Podemos traerles la mayoría de las provisiones mañana por la mañana, y el resto los traerá el señor Monday el próximo jueves.

Entonces una ráfaga de viento sopló tan fuerte que sacudió las ventanas del pueblo e hizo girar las veletas hasta que ya no supieron distinguir el norte del oeste, ni el sur del este. El fuego que ardía en la chimenea de Monday & Brown escupió un remolino de llamas verdes y escarlata, coronadas por un chisporroteo plateado, del mismo tipo que se puede lograr en una chimenea de salón arrojando limaduras de hierro al hogar. El viento soplaba desde el País de las Hadas y desde el este, y Tristran Thorn halló en su interior un coraje que no sospechaba para decir:

—¿Sabe, señorita Forester? Salgo dentro de unos minutos. Quizá podría acompañarla hasta su casa. No me desviaría mucho de mi camino.

Esperó, con el corazón en un puño, mientras los ojos grises de Victoria Forester le contemplaban divertidos, y después de lo que le parecieron cien años, ella dijo:

—Pues claro.

Tristran corrió hacia el salón y le dijo al señor Brown que se iría enseguida. El señor Brown gruñó, aunque no de mal humor, y contestó a Tristran que cuando él era joven no sólo habría tenido que quedarse hasta muy tarde y cerrar la tienda, sino que también habría tenido que dormir en el suelo bajo el mostrador, tan sólo con su abrigo como almohada. Tristran reconoció que era un joven con suerte, deseó buenas noches al señor Brown, cogió su chaqueta del perchero y su nuevo bombín y salió a la calle adoquinada, donde le esperaba Victoria Forester.

El crepúsculo del otoño se convirtió en noche profunda y temprana mientras caminaban. Podían oler el invierno distante en el aire; una mezcla de niebla nocturna y oscuridad penetrante, y el olor intenso de las hojas caídas. Tomaron un camino que serpenteaba hacia la granja de los Forester, mientras la luna creciente colgaba blanca del cielo y las estrellas ardían en la oscuridad por encima de sus cabezas.

—Victoria —dijo Tristran al cabo de un rato.

—Sí, Tristran —dijo Victoria, que había estado ensimismada durante gran parte del trayecto.

—¿Te parecería atrevido por mi parte que te besara? —preguntó Tristran.

—Sí —dijo Victoria dura y fríamente—. Muy atrevido.

—Ah —dijo Tristran.

Subieron por la colina de Dyties sin hablar; en la cima se dieron la vuelta y vieron a sus pies el pueblo de Muro, que era todo velas relucientes y lámparas brillantes a través de las ventanas, cálidas luces amarillas que les llamaban, incitadoras, y por encima de sus cabezas, las luces de miríadas de estrellas, que centelleaban, parpadeaban, ardían, heladas y distantes, más numerosas de lo que la mente era capaz de abarcar. Tristran alargó la mano y tomó la manita de Victoria entre las suyas. Ella no la apartó.

—¿Has visto eso? —preguntó Victoria.

—No he visto nada —respondió Tristran—. Te estaba mirando. —Decía la verdad.

Victoria sonrió bajo la luz de la luna.

—Eres la mujer más hermosa de todo el mundo —dijo Tristran, desde el fondo de su corazón.

—No digas tonterías —dijo Victoria, con gentileza.

—¿Qué has visto? —preguntó Tristran.

—Una estrella fugaz —dijo Victoria—. Creo que son bastante comunes en esta época del año.

—Vicky —dijo Tristran—. ¿Me das un beso?

—No —dijo ella.

—Me besaste cuando éramos más jóvenes. Me besaste bajo el Roble del Juramento, cuando cumpliste los quince años. Y me besaste el último Primero de Mayo, detrás del establo de tu padre.

—Era otra persona, entonces —dijo ella—. Y no te besaré, Tristran Thorn.

—Si no quieres besarme —preguntó Tristran—, ¿querrás casarte conmigo?

Se hizo el silencio en la colina. Tan sólo se percibía el rumor del viento de octubre. Entonces se oyó un repiqueteo cristalino: era el sonido de la risa divertida y deliciosa de la chica más bella de todas las Islas Británicas.

—¿Casarme contigo? —repitió ella, incrédula—. ¿Y por qué debería casarme contigo, Tristran Thorn? ¿Qué puedes ofrecerme?

—¿Ofrecerte? —preguntó él—. Iría a la India por ti, Victoria Forester, y te traería los colmillos enormes de los elefantes, y perlas tan grandes como tu pulgar, y rubíes del tamaño de huevos de codorniz. Iría a África, y te traería diamantes del tamaño de pelotas de críquet. Encontraría las fuentes del Nilo y les pondría tu nombre. Iría a América, hasta San Francisco, a los campos auríferos, y no volvería hasta haber conseguido tu peso en oro. Entonces lo traería de vuelta y lo postraría a tus pies. Viajaría hasta las distantes tierras del norte, si me dijeras tan sólo una palabra, y mataría a los tremendos osos polares para traerte sus pieles.

—Ibas bastante bien —dijo Victoria Forester—, hasta eso de los osos polares. Sea como fuere, mozo de tienda y mozo de granja, no te besaré; ni tampoco me casaré contigo.

Los ojos de Tristran ardieron bajo la luz de la luna.

—Viajaría hasta el lejano Catay por ti, y te traería un temible junco que arrebataría al rey de los piratas, lleno a rebosar de jade y seda y opio. Iría a Australia, al otro lado del mundo, y te traería... Hum... —Se devanó los sesos repasando los pliegos de cordel que almacenaba en la cabeza e intentando recordar si alguno de sus héroes había visitado Australia—... Un canguro. Y ópalos —añadió. Estaba casi seguro de los ópalos.

Victoria Forester le apretó la mano.

—¿Y qué haría yo con un canguro? —preguntó—. Venga, deberíamos irnos o mi padre y mi madre se preguntarán qué me ha retenido, y llegarán a unas conclusiones totalmente injustificadas, porque yo no te he besado, Tristran Thorn.

—Bésame —le rogó él—. No hay nada que no sea capaz de hacer por tu beso, no hay montaña que no pueda escalar, ni río que no pueda vadear, ni desierto que no pueda atravesar.

Hizo un gesto amplio, indicando el pueblo de Muro a sus pies y el cielo nocturno sobre sus cabezas.

En la constelación de Orión, una estrella relampagueó, chisporroteó y cayó.

—Por un beso, y la promesa de tu mano —dijo Tristran grandilocuentemente—, te traería esa estrella fugaz.

Tuvo un escalofrío, pues su chaqueta era muy fina, y además le resultó obvio que no iba a obtener su beso, cosa que hallaba desconcertante: los héroes viriles de los folletines y las novelas por entregas nunca tenían problemas a la hora de conseguir besos.

—Muy bien, pues —dijo Victoria—. Si tú lo haces, yo lo haré.

—¿Qué? —dijo Tristran.

—Si me traes esa estrella —dijo Victoria—, la que acaba de caer, no otra estrella cualquiera, entonces te besaré, y quién sabe qué más podría hacer. Ya está: no hace falta que vayas a Australia, ni a África, ni al lejano Catay.

—¿Qué? —dijo Tristran.

Victoria se rio entonces de él, y le soltó la mano, y empezó a bajar por la colina en dirección a la granja de su padre.

Tristran corrió para alcanzarla.

—¿Lo dices de veras? —le preguntó.

—Lo digo tan de veras como tú hablabas de rubíes y de oro y de opio. ¿Qué es un opio?

—Algo que se pone en los medicamentos y en el jarabe para la tos —contestó Tristran—. Como el eucalipto.

—No suena particularmente romántico —dijo Victoria Forester—. De todas maneras, ¿no deberías salir corriendo a buscar mi estrella fugaz? Cayó hacia el este, en aquella dirección. —Y volvió a reír—. Eres un mozo de tienda tontorrón. Tú asegúrate de que no nos falten ingredientes para hacer el arroz con leche.

—¿Y si te trajera la estrella caída? —preguntó Tristran sin darle importancia—. ¿Qué me darías? ¿Un beso? ¿Una promesa de matrimonio?

—Cualquier cosa que me pidieses —dijo Victoria, divertida.

—¿Lo juras? —preguntó Tristran.

Ya recorrían los últimos cien metros hasta la granja de los Forester. Las ventanas ardían con la luz de las lámparas, amarilla y naranja.

—Claro —dijo Victoria, sonriente.

El sendero hasta la granja de los Forester era de tierra, convertido en puro barro por los cascos de los caballos, las vacas, las ovejas y los perros. Tristran Thorn se arrodilló en el barro, sin pensar en su chaqueta o en sus pantalones de lana.

—Muy bien —dijo.

El viento, entonces, sopló del este.

—Os dejaré aquí, mi señora —dijo Tristran Thorn—. Porque tengo una urgente misión hacia el este. —Se levantó, sin importarle el lodo pegado a sus rodillas y a su chaqueta, hizo una reverencia ante la chica y después se caló el bombín.

Victoria Forester se rio largo y tendido del delgaducho mozo de tienda, bien fuerte y de manera encantadora, y el repiqueteo de su risa siguió a Tristran mientras volvía a subir por la colina y se alejaba.

ϒ

Tristran Thorn corrió hasta llegar a su casa. Las zarzas le desgarraron la ropa al correr, y una rama le arrancó el sombrero de la cabeza. Entró tambaleándose, sin aliento y arañado, en la cocina de la casa del Prado del Oeste.

—¡Mira cómo vienes! —gritó su madre—. ¡Ya lo creo! ¡Es inaudito!

Tristran tan sólo le sonrió.

—¿Tristran? —preguntó su padre, que a los treinta y cinco años todavía era medianamente alto y tenía pecas, aunque ya había más de un cabello plateado entre sus rizos castaño claro—. Tu madre te ha hablado. ¿No la has oído?

—Os pido perdón, padre, madre —dijo Tristran—, pero esta noche me voy del pueblo. Puede que esté ausente bastante tiempo.

—¡Tonterías y majaderías! —soltó Daisy Thorn—. Nunca había escuchado un desatino semejante.

Pero Dunstan Thorn vio la mirada que brillaba en los ojos de su hijo.

—Déjame hablar con él —le dijo a su esposa.

Ella le miró con recelo, y después asintió.

—Muy bien —dijo Daisy—. Pero ¿quién va a coser esa chaqueta? Eso es lo que me gustaría saber. —Salió agitadamente de la cocina.

El fuego del hogar chisporroteó plata y resplandeció verde y violeta.

—¿Adónde vas? —preguntó Dunstan.

—Al Este —respondió su hijo.

Al Este. Su padre asintió. Había dos estes: el este hasta el condado vecino, a través del bosque, y el Este... al otro lado del muro. Dunstan Thorn supo sin preguntarlo a cuál de los dos se refería su hijo.

—¿Y volverás? —preguntó el padre.

Tristran sonrió ampliamente.

—Claro que sí —dijo.

—Bien —exclamó su padre—. Entonces de acuerdo. —Se rascó la nariz—. ¿Has pensado en cómo atravesar el muro?

Tristran sacudió la cabeza.

—Seguro que encontraré una manera —dijo—. Si es necesario, pelearé con los guardas.

Su padre resopló.

—No harás tal cosa —dijo—. ¿Qué te parecería si estuvieras tú de guardia, o yo? No quiero que nadie resulte herido. —Se rascó de nuevo la nariz—. Ve a hacer la maleta, y a dar un beso de despedida a tu madre, y yo te acompañaré hasta el pueblo.

Hizo la maleta, y su madre le trajo seis manzanas rojas y maduras, una barra de pan y una pieza de queso blanco de granja. La señora Thorn no quería mirar a Tristran. Él le besó la mejilla y le dijo adiós. Y entonces se dirigió hacia el pueblo con su padre.

Tristran realizó su primera guardia en el muro a los dieciséis años. Sólo había recibido una instrucción, y había sido ésta: el deber de los guardas era evitar, a través de cualquier medio, que nada ni nadie procedente del pueblo pasara la abertura; si tal cosa no resultaba posible, entonces debían despertar a todo el mundo.

Se preguntó qué tenía pensado su padre. Quizás entre los dos podrían inmovilizar a los guardas. Quizá su padre crearía algún tipo de distracción que le permitiría abrirse paso... Quizá...

Cuando atravesaron el pueblo y llegaron ante el muro, Tristran había imaginado todas las posibilidades, excepto la que tuvo lugar. De guardia en el muro aquella noche estaban Harold Crutchbeck y el señor Bromios. Harold Crutchbeck, el hijo del molinero, era un robusto joven varios años mayor que Tristran. El señor Bromios era el posadero: su pelo era negro y rizado, sus ojos verdes y su sonrisa blanca, y olía a uvas y a zumo de uvas, a cebada y a lúpulo.

Dunstan Thorn se dirigió hacia el señor Bromios y se plantó ante él. Golpeó los pies contra el suelo para calentarlos.

—Buenas noches, señor Bromios. Buenas noches, Harold —les deseó Dunstan.

—Buenas noches, señor Thorn —dijo Harold Crutchbeck.

—Muy buenas noches, Dunstan —dijo el señor Bromios—. Espero que te encuentres bien.

Dunstan Thorn aseguró que sí y hablaron del tiempo; los dos estuvieron de acuerdo en que sería malo para los granjeros y en que, a juzgar por la cantidad de bayas de acebo y de tejo, sería un invierno frío y duro. Tristran estaba a punto de estallar de irritación y frustración, pero se mordió la lengua y se quedó callado. Finalmente, su padre dijo:

—Señor Bromios, Harold, creo que ambos conocéis ya a mi hijo Tristran.

Tristran les saludó levantando nerviosamente su bombín, y entonces su padre dijo algo que él no entendió.

—Supongo que los dos sabéis de dónde vino —dijo su padre.

El señor Bromios asintió, sin decir palabra. Harold Crutchbeck dijo que había oído historias, pero que nunca había que hacer caso ni de la mitad de todo cuanto se cuenta.

—Bien, pues es todo verdad —dijo Dunstan Thorn—. Y ha llegado el momento de que vuelva.

—Hay una estrella... —empezó a explicar Tristran, pero su padre le hizo guardar silencio.

El señor Bromios se tocó la barbilla y pasó una mano por sus espesos rizos negros.

—Muy bien —dijo.

Se volvió y habló con Harold en voz baja, diciéndole cosas que Tristran no pudo oír. Su padre le puso algo frío en la palma de la mano.

—Adelante, chico. Ve y trae de vuelta tu estrella, y que Dios y todos sus ángeles te asistan.

Y el señor Bromios y Harold Crutchbeck, los guardas del portal, se apartaron para dejarle paso.

Tristran cruzó el portal, con la pared de piedra a cada lado, y pisó el prado más allá del muro. Se volvió y contempló a los tres hombres enmarcados por la abertura, y se preguntó por qué le habrían dejado pasar. Entonces, con su bolsa en una mano y el objeto que le entregó su padre en la otra, empezó a subir por la leve colina en dirección a los bosques.

Mientras caminaba, el frío de la noche fue perdiendo intensidad, y en cuanto llegó al bosque en la cima de la colina, se sorprendió al darse cuenta de que la luna brillaba intensamente sobre él entre un hueco del follaje: se quedó asombrado porque la luna hacía una hora que se había escondido, y más aún porque la luna que se había escondido era un fino y afilado cuarto creciente de plata, y la que ahora le iluminaba era una enorme y dorada luna de cosecha, llena, resplandeciente y profundamente coloreada.

La cosa fría que llevaba en la mano sonó una vez: un repiqueteo cristalino, como las campanas de una diminuta catedral de cristal. Abrió la mano y contempló el objeto a la luz de la luna. Era una campanilla blanca, hecha de cristal.

Un viento cálido acarició la cara de Tristran; un viento que olía a hierbabuena, a hojas de grosella, a ciruelas rojas y maduras; y la enormidad de lo que acababa de hacer descendió sobre Tristran Thorn: se dirigía hacia el País de las Hadas, a la búsqueda de una estrella fugaz, sin tener idea de cómo iba a encontrar la estrella, ni de cómo iba a salir ileso del intento. Miró atrás y le pareció distinguir las luces de Muro, temblorosas y parpadeantes, como detrás de una cortina de aire caliente, pero aun así incitadoras. Sabía que si daba la vuelta y regresaba, nadie se lo tendría en cuenta: ni su padre, ni su madre, ni siquiera Victoria Forester; era probable que ésta, cuando volviera a verle, tan sólo le sonriera, le llamara «mozo de tienda», y añadiera que las estrellas fugaces, una vez caídas, resultan difíciles de encontrar.

Hizo una pausa.

Y pensó en los labios de Victoria, y en sus ojos grises, y en el sonido de su risa. Irguió los hombros, se puso la campanilla blanca de cristal en el ojal de la solapa de su chaqueta —que ahora llevaba desabotonada— y, demasiado ignorante para sentirse asustado y demasiado joven para sentirse sobrecogido, Tristran Thorn traspasó el límite de los campos que ya conocemos...

... Y entró en el País de las Hadas.

Capítulo 3
Donde aparecen unas cuantas personas más, muchas de ellas aún vivas, interesadas en la suerte de la estrella fugaz caída

Stormhold fue tallado en la cima del monte Huon por el primer señor de Stormhold, que reinó a finales de la Primera Edad y principios de la Segunda. Había sido ampliado, mejorado, excavado y horadado por los sucesivos señores de Stormhold, y la cima original de la montaña arañaba ahora el cielo como el colmillo tallado y ornamentado de una gran bestia de granito gris. Stormhold se alzaba a gran altura, y en su cima se reunían las grandes nubes antes de descender y derramar lluvia, relámpagos y devastación sobre las tierras a sus pies.

El octogésimo primer señor de Stormhold yacía moribundo en su cámara, tallada en la cima más alta como un agujero en un diente podrido; ciertamente la muerte existe también en las tierras más allá de los campos que conocemos. Convocó a sus hijos junto a su lecho y éstos acudieron, los vivos y los muertos, y temblaron en las frías salas de granito. Se reunieron junto a la cama y esperaron respetuosamente, los vivos a su derecha y los muertos a su izquierda. Cuatro de sus hijos estaban muertos: Secundus, Quintus, Quartus y Sextus, unas figuras inmóviles, grises, insustanciales y silenciosas. Tres de los vástagos seguían con vida: Primus, Tertius y Septimus. Permanecían de pie, incómodos, a la derecha de la cámara, apoyando el peso en una pierna y en otra, rascándose las mejillas y las narices, como si les avergonzara el silencioso reposo de sus hermanos muertos. Ni siquiera miraban hacia el lugar donde éstos se encontraban, y fingían tanto como era posible que su padre y ellos eran los únicos ocupantes de esa fría habitación con ventanas, unas ventanas que eran enormes agujeros en el granito, por las cuales soplaban los vientos fríos. Si la razón de ese comportamiento era que los vivos no podían ver a sus hermanos muertos, o que, al haberles asesinado (uno a cada uno, si bien Septimus había matado a Quintus y a Sextus, al primero envenenándole con un plato de anguilas especiadas, y al segundo —rechazando en esa ocasión el artificio en favor de la eficiencia y la gravedad— empujándole por un precipicio una noche en que admiraban una tormenta eléctrica a sus pies) preferían ignorarles, temerosos de la culpa, de una revelación o de los fantasmas, su padre no lo sabía.

En privado, el octogésimo primer señor había esperado que cuando llegara su fin seis de los siete jóvenes señores de Stormhold hubieran muerto, y que sólo uno conservara la vida: el que sería el octogésimo segundo señor de Stormhold y señor de los Altos Despeñaderos. Así fue, al fin y al cabo, como él consiguió el título, varios cientos de años antes. Pero los jóvenes de hoy eran unos flojos que carecían de la energía, el vigor y la furia que él recordaba de sus días de juventud...

Alguien decía algo. Se esforzó en concentrarse.

—Padre —repitió Primus con su gran vozarrón—. Estamos todos aquí. ¿Qué quieres de nosotros?

El viejo le miró. Con un resuello espantoso, tragó una bocanada del aire tenue y helado que llenó sus pulmones y dijo, con una voz altiva y fría, como el mismísimo granito:

—Me estoy muriendo. Pronto llegará mi hora, y recogeréis mis restos para llevarlos a las profundidades de la montaña, hasta la Sala de los Antepasados, donde los colocaréis..., me colocaréis... en el hueco número ochenta y uno, es decir, en el primero que no esté ocupado, y allí me dejaréis. Si no lo hicierais, seríais todos malditos, y la torre de Stormhold se tambalearía y caería.

Sus tres hijos vivos no dijeron nada. Hubo un murmullo entre los cuatro hijos muertos: se lamentaban, quizá, de que sus restos hubieran sido devorados por águilas, o arrastrados por rápidos ríos, precipitados por cascadas y llevados hasta el mar; desde luego, nunca reposarían en la Sala de los Antepasados.

—Y ahora, la cuestión de la sucesión. —La voz del viejo resollaba como el aire que escapa de un fuelle podrido.

Sus hijos vivos levantaron la cabeza: Primus, el mayor, con canas en la barba, nariz aquilina y ojos grises, lo miró expectante; Tertius, la barba roja y dorada, los ojos de un marrón rojizo, lo miró cauteloso; Septimus, con una barba negra que aún no había acabado de salir, alto y parecido a un cuervo, lo miró inexpresivo, con su inexpresividad habitual.

—Primus, acércate a la ventana.

Primus se acercó a la abertura en la roca y miró afuera.

—¿Qué ves?

—Nada, señor. Veo el cielo vespertino sobre nosotros, y nubes a nuestros pies.

El viejo tembló bajo la piel de oso de montaña que le cubría.

—Tertius, dirígete a la ventana. ¿Qué ves?

—Nada, padre. Es tal como dice Primus. El cielo vespertino pende sobre nosotros, del color de un hematoma, y las nubes cubren el mundo a nuestros pies, grises y cambiantes.

Los ojos del viejo se retorcieron en su cara como los ojos locos de un ave de presa.

—Septimus, a la ventana.

El joven se dirigió a la ventana y se detuvo junto a sus hermanos mayores, aunque no demasiado cerca.

—¿Y tú? ¿Qué ves?

Miró por la abertura. El viento amargo le golpeó la cara, e hizo que sus ojos lagrimearan. Una estrella brillaba, débilmente, en los cielos color índigo.

—Veo una estrella, padre.

—Ah —resolló el octogésimo primer señor—. Llevadme a la ventana.

Sus cuatro hijos muertos lo contemplaron con tristeza, mientras sus tres hijos vivos lo acercaban a la ventana. El viejo quedó en pie, o casi, apoyando todo su peso sobre los anchos hombros de sus hijos, y contempló el cielo plomizo. Sus dedos, de nudillos hinchados y frágiles como ramitas, buscaron el topacio que le colgaba del cuello y su pesada cadena de plata. La cadena se partió como una telaraña en manos del viejo. Alzó el puño con el topacio, con los extremos rotos de la cadena de plata colgando.

Los señores muertos de Stormhold susurraron entre sí con la voz de los muertos, que parece nieve que cae: el topacio era el Poder de Stormhold. Quien lo llevase, sería el señor de Stormhold, siempre y cuando fuese de la sangre de Stormhold. ¿A cuál de los hijos supervivientes entregaría la piedra el octogésimo primer señor?

Los hijos vivos no dijeron nada, pero se les veía a uno expectante, a otro cauteloso e inexpresivo al tercero, con la inexpresividad engañosa de cuando a medio camino de escalar una pared de roca uno se da cuenta de que es imposible hacerlo, lo mismo que descender.

El viejo hizo a sus hijos a un lado y se alzó, alto y erguido. Fue, por un instante, el señor de Stormhold, el que derrotó a los Ogros del Norte en la batalla de la Cabeza del Despeñadero; el que engendró ocho hijos —siete de ellos varones— con tres esposas; el que mató a sus cuatro hermanos en combate antes de los veinte años, aunque su hermano mayor casi le quintuplicaba la edad y era un poderoso guerrero de gran fama. Fue ese hombre quien alzó el topacio y dijo cuatro palabras en una lengua muerta mucho tiempo atrás, palabras que colgaron del aire como el tañido de un enorme gong de bronce.

Lanzó la piedra hacia arriba. Los hermanos vivos contuvieron el aliento mientras ésta trazaba un arco sobre las nubes. Llegó hasta lo que estaban convencidos de que era el punto álgido de su trayectoria pero, desafiando toda razón, el topacio continuó elevándose por los aires.

Ya brillaban más estrellas en el cielo.

—A quien recupere la piedra, que es el Poder de Stormhold, daré mi bendición y la posesión de Stormhold y todos sus dominios —dijo el octogésimo primer señor, cuya voz fue perdiendo fuerza a medida que hablaba hasta que de nuevo fue el chirrido de un hombre muy, muy viejo, semejante al viento que sopla dentro de una casa abandonada.

Los hermanos, los vivos y los muertos, contemplaron la piedra. Cayó hacia arriba, hacia el cielo, hasta perderse de vista.

—¿Debemos capturar águilas y montarlas, para que nos lleven hasta los cielos? —preguntó Tertius, desconcertado y furioso.

Su padre no dijo nada. Desapareció la última luz del día y las estrellas colgaban sobre ellos, incontables en toda su gloria.

Una estrella cayó.

Tertius pensó, aunque no estaba seguro, que era la primera estrella vespertina, en la que su hermano Septimus había reparado antes. La estrella se precipitó y dejó una estela de luz por el cielo nocturno, y cayó en algún lugar al sur y al oeste de donde se hallaban.

—Allí —suspiró el octogésimo primer señor, cayó sobre el suelo de piedra de su cámara y dejó de respirar.

Primus se rascó la barba y contempló el cadáver arrugado.

—Me entran ganas —dijo— de arrojar el cadáver del viejo bastardo por la ventana. ¿Qué eran todas esas idioteces?

—Más vale que no —intervino Tertius—. No me gustaría que Stormhold se tambaleara y cayera. Ni tampoco una maldición, ciertamente. Más vale que lo llevemos a la Sala de los Antepasados.

Primus recogió el cuerpo de su padre y lo depositó sobre las pieles de su cama.

—Diremos a la gente que ha fallecido.

Los cuatro hermanos muertos se apiñaron junto a Septimus, en la ventana.

—¿Qué crees que está pensando? —preguntó Quintus a Sextus.

—Se pregunta dónde cayó la piedra, y cómo alcanzarla primero —contestó, recordando su propia caída hacia las piedras y la eternidad.

—Espero que sí, maldita sea —dijo el difunto octogésimo primer señor de Stormhold a sus cuatro hijos muertos. Sus tres hijos vivos no oyeron nada en absoluto.

Una pregunta como «¿Cuán grande es el País de las Hadas?» no admite una respuesta sencilla, pues, al fin y al cabo, no es una tierra, un principado o un dominio. Los mapas del País de las Hadas no son de fiar y no hay que tomárselos demasiado en serio.

Hablamos de los reyes y reinas del País de las Hadas como hablaríamos de los reyes y reinas de Inglaterra. Pero éste es mayor que Inglaterra, e incluso mayor que el mundo, porque, desde el alba de los tiempos, todas las tierras que han sido forzadas a quedar fuera del mapa por exploradores y valientes que querían demostrar que éstas no existían, se han refugiado en el País de las Hadas; por lo tanto, ahora, cuando escribimos sobre ella, es un lugar realmente enorme, que contiene todo tipo de paisajes y terrenos. Aquí, sin duda alguna, hay dragones. Y también grifos, guivernos, hipogrifos, basiliscos e hidras. También hay todo tipo de animales más conocidos, como gatos afectuosos y distantes, perros nobles y cobardes, lobos y zorros, águilas y osos.

En el corazón de un bosque tan espeso que casi era una selva había una pequeña casa, hecha de paja y madera y arcilla gris, que presentaba un aspecto de lo más inquietante. Un pequeño pájaro amarillo estaba posado en su percha dentro de una jaula que había ante la casa. No cantaba, tan sólo permanecía allí parado, tristemente, con las plumas encrespadas y descoloridas. Había una puerta en la fachada cuya pintura, antiguamente blanca, se estaba desprendiendo. En su interior, la casita consistía en una sola habitación, sin divisiones. Carne ahumada y salchichas colgaban de las vigas, junto a un cocodrilo marchito. Un fuego de turba ardía humeante en el gran hogar que había contra una pared, y un hilo de humo salía de la chimenea, arriba. Había tres mantas sobre tres camas adornadas: una grande y vieja, las otras dos poco más que camastros. Se veían útiles de cocina y una gran jaula de madera, al parecer vacía, en otro rincón. Las ventanas estaban demasiado sucias como para ver a través de ellas, y a todos los objetos los cubría una capa espesa de polvo oleaginoso.

Lo único que estaba limpio en toda la casa era un espejo de cristal negro, tan alto como un hombre alto, tan ancho como la puerta de una iglesia, que estaba apoyado contra una pared. La casa pertenecía a tres mujeres ancianas. Se turnaban para dormir en la gran cama, para preparar la cena, para disponer trampas en el bosque con las que capturaban pequeños animales, para sacar agua del pozo profundo que había detrás de la casa.

Las tres ancianas hablaban poco.

Había otras tres mujeres en la casita. Eran delgadas, de pelo oscuro, y se divertían. La sala donde habitaban era varias veces mayor que la casita; el suelo era de ónice, y las columnas de obsidiana. Había un jardín tras ellas, abierto al cielo, y las estrellas colgaban del cielo nocturno. Una fuente canturreaba en el jardín, el agua brotaba y caía sobre la estatua de una sirena en pleno éxtasis, con la boca bien abierta. Agua limpia y negra manaba de su boca, y caía en el estanque a sus pies, haciendo temblar y vacilar las estrellas.

Las tres mujeres, así como su aposento, estaban dentro del espejo negro.

Las tres viejas eran las Lilim, la bruja reina, sola en el bosque. Las tres mujeres del espejo también eran las Lilim, pero si eran las sucesoras de las ancianas, o sus sombras, o si únicamente la humilde casita de los bosques era real, o si, en alguna parte, las Lilim también vivían en una sala negra, con una fuente en forma de sirena canturreando en el jardín de estrellas, nadie lo sabía con certeza, y nadie podía decirlo excepto las Lilim.

Ese día, una anciana regresó de los bosques cargando un armiño, en cuya garganta había una mancha roja. Lo depositó sobre el polvoriento tocón de madera y cogió un cuchillo afilado. Hizo cortes circulares alrededor de las patas y el cuello, y entonces, con su sucia mano, arrancó la piel a la criatura, como si arrancara el pijama a un niño, y volvió a depositar el despojo desnudo sobre la mesa.

—¿Entrañas? —preguntó, con una voz temblorosa.

La más menuda, vieja y desaliñada de las mujeres, meciéndose adelante y atrás en una mecedora, dijo:

—Ya puestos...

La primera anciana agarró el armiño por la cabeza y lo cortó desde el cuello hasta el bajo vientre. Sus entrañas se desparramaron sobre el tajo, rojas y púrpura y violáceas, intestinos y órganos vitales como joyas húmedas sobre la madera polvorienta. La mujer chilló:

—¡Venid pronto! ¡Venid pronto! —Entonces movió delicadamente las entrañas con su cuchillo, y chilló de nuevo.

La vieja de la mecedora se levantó trabajosamente.

(En el espejo, una mujer morena se desperezó y se levantó de su diván.)

La última anciana, que volvía del excusado, llegó corriendo desde los bosques.

—¿Qué? —preguntó—. ¿Qué pasa?

(En el espejo, una tercera joven se unió a las otras dos. Sus pechos eran pequeños y turgentes, y sus ojos oscuros.)

—Mirad —gesticuló la primera anciana, apuntando con el cuchillo.

Sus ojos eran del gris sin color de la edad extrema —la más vieja de ellas estaba casi ciega— y examinaron atentamente los órganos sobre la tabla.

—Al fin —soltó una de ellas.

—Ya era hora —dijo otra.

—¿Cuál de nosotras irá a buscarla, entonces? —preguntó la tercera.

Las tres mujeres cerraron los ojos y tres manos viejas revolvieron las entrañas del armiño.

Una mano vieja se abrió.

—Tengo un riñón.

—Tengo su hígado.

La tercera mano se abrió. Pertenecía a la más vieja de las Lilim.

—Tengo su corazón —dijo, triunfalmente.

—¿Cómo viajarás?

—Con nuestro viejo carro, tirado por lo que encuentre en el cruce de caminos.

—Necesitarás algunos años.

La más vieja asintió.

La más joven, la que había venido del excusado, anduvo, con dolorosa lentitud, hasta una alta e inestable cómoda, y se agachó. Sacó una caja oxidada de hierro del último cajón y la llevó junto a sus hermanas. La caja estaba atada con tres pedazos de cordel viejo, cada uno con un nudo distinto. Cada una de las mujeres deshizo su propio nudo, y la que había traído la caja levantó la tapa. Algo brillaba, dorado, en el fondo.

—No queda mucho —suspiró la más joven de las Lilim, que ya era vieja cuando el bosque donde vivían todavía estaba bajo el mar.

—Entonces, suerte que hemos encontrado otra, ¿no? —dijo la más vieja, cáustica, y enseguida metió una garra en la caja. Algo dorado intentó evitar su mano, pero ella lo agarró, mientras se retorcía y relucía, abrió la boca y se lo tragó.

(En el espejo, tres mujeres miraban.)

Hubo un temblor y un tambaleo en el centro de todas las cosas.

(Ahora sólo había dos mujeres mirando desde el espejo.)

En la casita, dos viejas contemplaban, con unas expresiones en sus caras que mostraban tanto envidia como esperanza, a una mujer alta y atractiva de pelo negro, ojos oscuros y labios muy, muy rojos.

—Cielos —dijo ella—, este lugar está hecho un asco.

Se dirigió hacia la cama. Al lado había un gran baúl de madera cubierto por un tapiz descolorido. Arrancó el tapiz y abrió el baúl, y hurgó en su interior.

—Manos a la obra —dijo, sacando del baúl un vestido escarlata.

Lo puso sobre la cama y empezó a arrancarse los harapos que había vestido como anciana. Sus dos hermanas contemplaron famélicas su cuerpo desnudo.

—Cuando vuelva con su corazón, habrá años de sobra

para todas nosotras —dijo la mujer hermosa, observando con desdén las barbillas peludas y los ojos huecos de sus hermanas. Se puso un brazalete escarlata en la muñeca, en forma de una pequeña serpiente con la cola entre las fauces.

—Una estrella —dijo una de sus hermanas.

—Una estrella —repitió la segunda.

—Exacto —dijo la bruja reina, colocándose en la frente una diadema de plata—. La primera en doscientos años. Y yo la traeré para nosotras. —Se lamió los labios escarlata con su larga lengua roja.

—Una estrella caída —dijo.

Era de noche en el claro junto al estanque y el cielo estaba lleno de incontables estrellas. En las hojas de los olmos brillaban las luciérnagas, y también en los helechos y los matorrales, parpadeando como las luces de una extraña y lejana ciudad. Una nutria se zambulló en el arroyo que alimentaba el estanque. Una familia de armiños correteó por el prado hasta llegar al agua para beber. Un ratón encontró una avellana caída y empezó a roer la cáscara dura con unos afilados incisivos que nunca dejaban de crecer, no porque tuviera hambre, sino porque era un príncipe bajo un hechizo que no podría recuperar su verdadera forma hasta que hubiera mascado la Avellana de la Sabiduría. Pero su excitación lo volvió descuidado, y sólo la sombra que ocultó la luna le advirtió del descenso de un enorme búho gris que atrapó al ratón entre sus garras afiladas y volvió a alzarse hacia la noche. El ratón soltó la avellana, que cayó al arroyo y fue arrastrada hasta que un salmón se la tragó. El búho se zampó al ratón en un par de segundos y dejó que sólo le asomara la cola por el pico, como el cordón de una bota. Algo resolló y gruñó mientras el búho se abría paso por entre los arbustos.

«Debe de ser un tejón —pensó el búho, que también sufría una maldición, y sólo recuperaría su verdadera forma si se comía un ratón que se hubiera comido la Avellana de la Sabiduría—, o quizás un oso pequeño.»

Las hojas crujieron, el agua se rizó y el claro se llenó de luz, una luz blanca y pura que se hizo más y más brillante. El búho la vio reflejada en el estanque, una cosa ardiente, deslumbradora de pura luz, tan brillante que el animal se asustó y huyó a otra parte del bosque. Las bestias salvajes miraron a su alrededor aterrorizadas. Primero la luz del cielo no parecía mayor que la luna, luego pareció más grande, infinitamente más grande, y todo el claro tembló y se estremeció y todas las criaturas contuvieron la respiración y las luciérnagas brillaron más de lo que habían brillado en toda su vida, convencidas de que esto, finalmente, era el amor, aunque no les sirvió de nada...

Y entonces...

Se oyó un ruido estruendoso, tan seco como un disparo, y la luz que había llenado el claro desapareció. O casi. Había un débil resplandor dentro de un arbusto, como si una pequeña nube de estrellas brillara allí. Y se oyó una voz, una voz aguda, clara y femenina, que dijo «Ay», y después, muy bajito, dijo «Joder», y después «Ay», una vez más.

Y ya no dijo nada más, y se produjo el silencio en el claro.

Capítulo 4
¿Puedo llegar allí a la luz de un candil?

*O*ctubre quedaba más lejos con cada paso que daba Tristran, que tenía la sensación de dirigirse hacia el verano. Había un sendero a través del bosque, con un seto muy alto a un lado, y él lo siguió. En las alturas, las estrellas parpadeaban y relucían, y la luna llena brillaba con un color amarillo dorado como de maíz maduro. A la luz de la luna, pudo identificar unas rosas de zarzal en el seto,

Le estaba entrando sueño. Durante unos instantes, luchó por permanecer despierto, pero enseguida se quitó la chaqueta y dejó su bolsa en el suelo —una grande de cuero, de un tipo que no sería conocido como bolsa Gladstone hasta dentro de veinte años, ya que en el mundo que acababa de dejar atrás el primer ministro de la reina Victoria todavía era el conde de Aberdeen—[1] para usarla como almohada mientras se cubría con la chaqueta.

Contempló las estrellas: le parecían bailarinas, majestuosas y llenas de gracia, interpretando una danza de complejidad casi infinita. Imaginó que podía ver las caras de las estrellas: eran pálidas y sonreían delicadamente, como si hubieran pasado tanto tiempo sobre la tierra contemplando las

1. La bolsa Gladstone es lo que en español se conoce como «maletín de médico». En el Reino Unido se la llama así en homenaje a William Ewart Gladstone, quien fue primer ministro de la reina Victoria en varios períodos entre 1874 y 1892. *(N. de la E.)*

cuitas, la alegría y el dolor de la gente que tenían a sus pies, que no podían evitar que les divirtiera el hecho de que un pequeño ser humano se creyese el centro de su mundo, como nos ocurre a todos.

Y Tristran se puso a soñar y entró en su dormitorio, que también era la escuela del pueblo de Muro. La señora Cherry golpeó la pizarra y ordenó a sus alumnos que guardaran silencio, y Tristran miró su pizarrín para ver de qué trataría la lección, pero no pudo leer lo que había escrito. Entonces la señora Cherry, que se parecía tanto a su madre que Tristran se asombró de que nunca se hubiese dado cuenta de que eran la misma persona, dijo a Tristran que recitara a la clase las fechas de coronación de todos los reyes y reinas de Inglaterra...

—Disculpa —dijo una menuda y peluda voz a su oído—, pero ¿te importaría soñar un poco más bajo? Es que tus sueños se están derramando sobre los míos, y si hay algo que no soporto son las fechas. Guillermo el *Conquistón*, año 1066; no llego a más, y gustosamente cambiaría el dato por un ratón bailarín.

—¿Mm? —murmuró Tristran.

—Más bajito —dijo la voz—. Si no te importa.

—Perdón —dijo Tristran, y sus sueños pasaron a ser sobre la oscuridad.

—¡Desayuno! —dijo una voz cerca de su oído—. Tenemos *champipones* fritos en mantequilla con ajo silvestre.

Tristran abrió los ojos: la luz del día brillaba entre el seto de rosas de zarzal y pintaba la hierba de oro y verde. Notaba un olor que le parecía el del paraíso. Había un bol de latón junto a él.

—Comida pobre —dijo la voz—. Comida campesina, nada más. No es a lo que están acostumbrados los nobles, pero a la gente como yo le encanta un buen *champipón*.

Tristran parpadeó, metió la mano en el bol de latón y sacó un gran champiñón, que tomó entre el índice y el pulgar. Estaba caliente. Lo mordió con cuidado, notó cómo su jugo le llenaba la boca. Era lo más rico que había comido jamás, y después de haberlo masticado y tragado, así lo dijo.

—Eres muy amable —dijo la figura menuda sentada al otro lado de un pequeño fuego que crujía y perfumaba de humo el aire de la mañana—. Muy amable, sin duda. Pero tú sabes tanto como yo que sólo son *champipones* con ajos silvestres fritos, y no comida como Dios manda...

—¿Hay más? —preguntó Tristran, que se dio cuenta del hambre que tenía.

A veces, un poco de comida produce ese efecto.

—Ah, bien, eso es tener educación —dijo la figura menuda, que llevaba puesto un gran sombrero flexible y una gran chaqueta—. «¿Hay más?», dice, como si fueran huevos de codorniz y gacela ahumada y trufas, y no sólo un *champipón* que sabe más o menos como algo que hace una semana que está muerto, y que ni siquiera un gato querría tocar. Educación.

—De verdad, lo digo en serio, me apetece otro champiñón —rogó Tristran—, si no le representa demasiada molestia.

El hombrecillo (si es que hombre era, cosa que Tristran encontraba bastante improbable) suspiró dolorosamente, acercó el cuchillo a la sartén que chisporroteaba al fuego e hizo saltar dos grandes champiñones al cuenco de latón de Tristran. Éste sopló sobre ellos y se los comió con los dedos.

—Mírate —dijo el hombrecillo peludo. Su voz era una mezcla de orgullo y melancolía—. Te comes esos *champipones* como si te gustasen, como si no supieran a serrín, carcoma y ruda.

Tristran terminó y aseguró de nuevo a su benefactor que

aquéllos eran los mejores champiñones que había tenido nunca el privilegio de comer.

—Eso lo dices ahora —dijo su anfitrión relamiéndose—, pero no lo dirás dentro de una hora. Sin duda te sentarán mal, como le sentó mal a la mujer del pescador que su hombre intimara con una sirena. Aquello pudo oírse desde Garamond hasta Stormhold. ¡Menudo lenguaje!, casi me puso las orejas azules, te lo aseguro. —El pequeño personaje peludo suspiró profundamente—. Y hablando de tripas —añadió—, yo voy a vaciar a las mías tras ese árbol de ahí. ¿Me harás el gran honor de vigilar este fardo que llevo? Te quedaré agradecido.

—Por supuesto —dijo Tristran, educadamente.

El hombrecillo peludo desapareció tras un roble; Tristran oyó algunos gruñidos y su nuevo amigo reapareció diciendo:

—Ya está. Conocí a un hombre en Paflagonia que se tragaba una serpiente viva cada mañana al levantarse. Siempre decía que estaba seguro de una cosa: que no podría ocurrirle nada peor en todo el día. Pero le hicieron comer un tazón de ciempiés peludos antes de colgarle, así que posiblemente se equivocaba.

Tristran se excusó. Orinó al pie del roble. Había un montoncito de excrementos al lado del árbol, que sin duda no habían sido producidos por ningún ser humano. Parecían cagarrutas de ciervo o de conejo.

—Me llamo Tristran Thorn —dijo Tristran, al volver.

Su compañero de desayuno lo había empaquetado todo —el fuego, la sartén; todo—, y lo había hecho desaparecer dentro de su fardo. Se quitó el sombrero, lo apretó contra su pecho y miró a Tristran.

—Encantado —respondió.

Golpeteó un costado de su fardo. Llevaba escrito: ENCANTADO, EMBELESADO, ELHECHIZADO y CONFUSTIGADO.

—Antes estaba *confustigado* —le confió—, pero ya sabes cómo son estas cosas.

Y con estas palabras empezó a caminar. Tristran lo siguió como pudo por el sendero.

—¡Hey! ¡Caramba! —exclamó Tristran—. Ve más despacio, ¿quieres?

A pesar del enorme fardo (que recordó a Tristran la carga de Christian en *El progreso del peregrino*, un libro que la señora Cherry les leía cada lunes por la mañana, diciéndoles que, aunque lo había escrito un calderero, era igualmente un buen libro), el hombrecillo (¿Encantado? ¿Se llamaba así?) se alejaba con más rapidez que una ardilla sube a un árbol. La criatura desanduvo rápidamente el camino.

—¿Ocurre algo? —preguntó.

—No puedo seguirte —confesó Tristran—. Caminas demasiado deprisa...

El hombrecillo peludo aminoró la marcha.

—Te pido *discúlipas* —dijo, mientras Tristran tropezaba tras él—. Como casi siempre voy solo, estoy acostumbrado a seguir mi propio ritmo.

Anduvieron a la par, bajo la luz verde y dorada que filtraba el sol por entre las hojas recién nacidas. Era una luz, observó Tristran, que sólo se da en la primavera. Se preguntó si habrían dejado el verano tan atrás como octubre. De vez en cuando, Tristran comentaba un destello de color en un árbol o un arbusto, y el hombrecillo peludo decía algo como:

—Martín pescador. El Señor Paraíso, lo llamaban. Bonito pájaro.

O:

—Colibrí púrpura. Bebe el néctar de las flores. Flota.

O:

—Pinzones. Mantienen la distancia, pero no vayas a espiarles o a buscar problemas, porque con esos canallas los encontrarás.

Se sentaron junto a un riachuelo para comer. Tristran sacó la barra de pan y el queso —duro, ácido y desmenuzado— que su madre le había dado y las manzanas maduras y rojas. Y aunque el hombrecillo lo contempló todo con mirada de desconfianza, también lo devoró, y apuró las migas de pan y queso de sus dedos, y masticó ruidosamente la manzana. Entonces llenó una tetera con agua del riachuelo y la hirvió para hacer té.

—¿Y si me explicas tu historia? —dijo el hombrecillo peludo cuando se sentaron en el suelo para beber el té.

Tristran meditó unos momentos, y después dijo:

—Vengo del pueblo de Muro, donde vive una joven dama llamada Victoria Forester, que no tiene igual entre las mujeres, y es a ella, y sólo a ella, a quien he entregado mi corazón. Su cara es...

—¿Tiene los complementos normales? —preguntó la pequeña criatura—. ¿Ojos?, ¿nariz?, ¿dientes? ¿Todo lo normal?

—Claro.

—Muy bien, puedes saltarte todo eso —dijo el hombrecillo peludo—. Lo daremos por supuesto. ¿Qué maldita tontería te ha hecho jurar esa joven dama?

Tristran dejó en el suelo su taza de madera y se levantó, ofendido.

—¿Qué puede haberte hecho imaginar —preguntó empleando un indudable tono altivo y cargado de desdén— que mi amada me ha enviado a cumplir alguna insensata misión?

El hombrecillo se lo quedó mirando con unos ojos como cuentas de azabache.

—Porque es la única razón por la cual un chico como tú sería lo bastante estúpido como para cruzar la frontera del País de las Hadas. Los únicos que vienen aquí desde vuestras tierras son los juglares, los amantes y los locos. Tú no tienes aspecto de juglar y eres (perdona que te lo diga, chico, pero es la verdad) tan vulgar y corriente como las migas de queso. Así que debe de ser amor, creo yo.

—Porque —anunció Tristran— todo amante tiene corazón de loco y cabeza de juglar.

—¿De veras? —preguntó el hombrecillo, dudoso—. Nunca me había fijado. O sea que tenemos a una joven dama. ¿Te ha enviado aquí en busca de fortuna? Eso era muy popular; cada dos por tres topaba uno con jovencitos vagando por todas partes, buscando el tesoro que a algún pobre dragón u ogro le había costado siglos y más siglos acumular.

—No. Fortuna no. Es más bien por una promesa que hice a la dama que he mencionado. Estábamos... hablando, y yo le prometía cosas, y vi una estrella fugaz y le prometí que se la traería. Cayó... —movió un brazo en dirección hacia una cordillera montañosa, más o menos hacia donde salía el sol— ... por allí.

El hombrecillo peludo se rascó la barbilla. O el hocico; podría haber sido perfectamente un hocico.

—¿Sabes lo que haría yo?

—No —respondió Tristran, mientras la esperanza le inundaba el pecho—. ¿Qué?

El hombrecillo se secó las narices.

—Le diría que fuera a enterrar la cara en la pocilga y me buscaría otra que me besara sin pedirme todo el planeta por ello. Seguro que encuentras alguna. En las tierras de donde vienes, no puedes tirar un ladrillo sin acertar a alguna chica.

—¡No existe ninguna otra chica! —exclamó Tristran, definitivamente.

El hombrecillo resopló, ambos recogieron todas sus cosas y volvieron a emprender la marcha.

—¿Lo dices de verdad? —dijo el hombrecillo—. ¿Lo de la estrella caída?

—Sí —contestó Tristran.

—Bueno, yo no iría contándolo a los cuatro vientos, la verdad —dijo el hombrecillo—. Los hay que estarían morbosamente interesados en esa información. Más vale que te lo calles. Pero nunca mientas.

—¿Qué debo decir, entonces?

—Bueno —dijo él—, por ejemplo, si te preguntan de dónde vienes, puedes decir «del camino que hay detrás de mí», y si te preguntan adónde vas, puedes decir «hacia el camino de delante».

—Ya veo —aseveró Tristran.

El sendero por el que avanzaban se hizo más difícil de distinguir. Una brisa fría alborotó el pelo de Tristran y tuvo un escalofrío. El sendero les llevó a un bosque gris de abedules delgados y pálidos.

—¿Crees que la estrella estará muy lejos? —preguntó Tristran.

—¿Cuántas leguas hasta Babilonia? —dijo el hombrecillo retóricamente—. Este bosque no estaba aquí la última vez que pasé por este camino.

—«Cuántas leguas hasta Babilonia —recitó Tristran para sí, mientras cruzaban el bosque gris—. Tres veces cinco leguas y no mil / ¿Puedo llegar allí a la luz de un candil? / Sí, y también puedo volver. / Si eres ágil de cabeza y pies, / puedes llegar allí y luego volver.»

—Eso mismo —dijo el hombrecillo peludo, moviendo la cabeza de lado a lado, como si estuviera preocupado o nervioso.

—Sólo es una nana —apuntó Tristran.

—¡¿Sólo es una nana...?! Bendito sea, hay personas a este lado de la pared que darían siete años de duro trabajo por esa cancioncilla. Y allí de donde tú vienes la cantan a los bebés junto con el «Duérmete niño» y el «Arrorró», sin pensárselo dos veces... ¿No estás helado, chico?

—Ahora que lo dices, sí, tengo un poco de frío.

—Mira a tu alrededor. ¿Puedes ver el camino?

Tristran parpadeó. El bosque gris se tragaba la luz, el color y la distancia. Creía que estaban siguiendo un sendero, pero ahora que intentaba distinguirlo resplandeció y se desvaneció como una ilusión óptica. Había tomado este árbol, ese otro y aquella roca como indicadores del camino... ¡pero no lo había! Sólo la sombra, y el crepúsculo, y los árboles pálidos.

—Ahora sí que estamos listos —dijo el hombre peludo, con un hilo de voz.

—¿Echamos a correr? —Tristran se quitó el bombín y lo sujetó ante sí.

El hombrecillo sacudió la cabeza.

—No serviría de mucho —dijo—. Hemos caído en la trampa y seguiremos dentro de ella aunque corramos.

Se dirigió hacia el árbol más cercano, alto y pálido, parecido a un abedul, y lo pateó con fuerza. Cayeron unas hojas secas, y después algo blanco se precipitó de entre las ramas al suelo, con un susurro sordo. Tristran se acercó y lo examinó: era el esqueleto de un pájaro, limpio, blanco y seco. El hombrecillo sintió un escalofrío.

—Podría enrocarme —le dijo a Tristran—, pero no hay nadie con quien me pueda enrocar que estuviera aquí en mejor situación que nosotros... No podemos escapar volando, mira lo que le ha pasado a éste... —Rozó el esqueleto con un pie muy parecido a una pata—. Y la gente como tú no ha aprendido a cavar madrigueras... aunque eso tampoco nos solucionaría gran cosa...

—Quizá podríamos armarnos —dijo Tristran.

—¿Armarnos?

—Antes de que vengan.

—¿Antes de que vengan? ¡Si ya están aquí, cabeza de alcornoque! Son los mismísimos árboles. Estamos en un bosque huraño.

—¿Bosque huraño?

—Es culpa mía... debí prestar más atención. Ahora tú nunca conseguirás tu estrella, y yo nunca obtendré mi mercancía. Algún día, otro pobre desgraciado se perderá en el bosque y encontrará nuestros *esquélitos* más limpios que los chorros del oro, y adiós muy buenas.

Tristran miró a su alrededor. En la penumbra parecía que los árboles realmente se apretaban, aunque de hecho no vio moverse nada. Se preguntó si el hombrecillo había perdido la cabeza, o si se imaginaba cosas.

Algo le aguijoneó la mano izquierda. Lo golpeó y bajó la mirada, esperando encontrar un insecto, pero vio una hoja amarilla y pálida que cayó al suelo con un ligero crujido. Tenía un arañazo, sangre fresca, en el dorso de la mano. El bosque susurraba a su alrededor.

—¿Hay algo que podamos hacer? —preguntó Tristran.

—No se me ocurre nada. Si supiéramos dónde está el camino verdadero..., ni siquiera un bosque huraño puede destruir un camino verdadero. Sólo ocultárnoslo, apartarnos de él...

El hombrecillo se encogió de hombros y suspiró. Tristran levantó la mano y se frotó la frente.

—Yo... ¡yo sé dónde está el camino! —dijo. Señaló con el dedo—. Está por ahí.

Los ojos negros del hombrecillo brillaron.

—¿Estás seguro?

—Sí señor. A través de ese matorral y un poco hacia la derecha. Ahí está el camino.

—¿Cómo lo sabes?

—Lo sé.

—Muy bien. ¡Vamos!

El hombrecillo agarró su fardo y echó a correr lo bastante despacio como para que Tristran, con la bolsa de cuero golpeándole las piernas, el corazón latiendo desbocado y el aliento entrecortado, pudiera seguirle el ritmo.

—¡No! Por ahí no... ¡a la izquierda! —gritó Tristran.

Ramas y espinas desgarraron su ropa. Corrían en silencio. Los árboles parecían haberse dispuesto formando una muralla; las hojas caían alrededor de Tristran en remolinos que le aguijoneaban y arañaban la piel, cortaban y deshilachaban su ropa. Subió como pudo por la colina, apartando las hojas con la mano libre y las ramas con la bolsa.

El silencio fue roto por algo que gemía. Era el hombrecillo peludo. Se había quedado inmóvil y, con la cabeza echada hacia atrás, había empezado a aullar al cielo.

—Ánimo —dijo Tristran—. Ya casi estamos.

Cogió la mano libre del hombrecillo peludo y empezó a arrastrarle. Y de pronto se hallaron en medio del camino verdadero: un sendero verde que atravesaba el bosque gris.

—¿Estamos seguros aquí? —preguntó Tristran.

—Estaremos seguros mientras no salgamos del camino —afirmó el hombrecillo peludo, que dejó su fardo en el suelo, se sentó sobre la hierba del camino y contempló los árboles que les rodeaban.

Los árboles pálidos temblaron, aunque no soplaba ningún viento, y a Tristran le pareció que era por la rabia. Su compañero había empezado a tiritar, sus dedos peludos acariciaban obsesivamente la hierba verde. Miró a Tristran.

—Supongo que no debes llevar encima ninguna botella que anime el espíritu, ¿verdad? ¿O quizás una buena taza de té dulce y caliente?

—No —contestó Tristran—, me temo que no.

El hombrecillo resopló y empezó a manipular el candado de su enorme fardo.

—Date la vuelta —le dijo a Tristran—. No espíes.

Tristran se volvió de espaldas y oyó cómo el otro hurgaba dentro del saco. Después percibió el sonido del candado cerrándose nuevamente.

—Ya puedes volverte, si quieres.

El hombrecillo sostenía un frasquito de esmalte. Intentaba sin éxito desenroscar el tapón.

—Hum. ¿Quieres que te ayude con eso? —Tristran esperaba que el hombrecillo no se ofendiera por su ofrecimiento. No hubo problema alguno: su compañero le entregó rápidamente el recipiente.

—Adelante —dijo—. Tú tienes los dedos que hacen falta para esto.

Tristran destapó el frasco: olió algo embriagador, como miel mezclada con humo de madera y clavo. Devolvió el frasquito a su compañero.

—Es un crimen beber algo tan raro y bueno como esto de la botella —espetó el hombrecillo peludo. Desató la taza de madera que llevaba colgada del cinturón y, temblando, se sirvió una pequeña cantidad de líquido color ámbar. Aspiró sus efluvios, dio un pequeño trago y después sonrió con unos dientes pequeños y afilados—. Aaaahhhh. Mucho mejor.

Entregó la taza a Tristran.

—Bebe despacio —dijo—. Vale el rescate de un rey, esta botella. Me costó dos grandes diamantes blancos azulados, un pájaro mecánico que cantaba y una escama de dragón.

Tristran bebió. El líquido le calentó hasta los dedos de los pies y le hizo sentir que tenía la cabeza llena de burbujitas.

—Es bueno, ¿eh?

Tristran asintió.

—Demasiado bueno para ti y para mí, me temo. Pero no importa: es justo lo que conviene cuando hay problemas, y lo que ha pasado bien podría calificarse de problema. Venga, salgamos de este bosque —dijo el hombrecillo peludo—. Pero ¿en qué dirección...?

—Por ahí —dijo Tristran, señalando a su izquierda.

El hombrecillo volvió a tapar la botella, se la guardó en el bolsillo y se echó el fardo al hombro, y ambos siguieron el camino verde que atravesaba el bosque gris. Después de varias horas se percataron de que ya no había tantos árboles blancos, y enseguida salieron del bosque huraño y empezaron a andar por entre dos muros bajos de piedras que flanqueaban el camino. Cuando Tristran miró tras de sí, no vio rastro alguno del bosque: tan sólo colinas púrpura coronadas de brezo.

—Podemos detenernos aquí —dijo su compañero—. Tenemos que hablar de unas cuantas cosas. Siéntate.

Dejó su fardo en el suelo y se sentó encima, de tal manera que estaba **más** alto que Tristran, sentado en una roca al borde del camino.

—Hay algo que no acabo de entender. A ver, dime: ¿de dónde eres?

—De Muro —dijo Tristran—. Ya te lo dije.

—¿Quiénes son tu padre y tu madre?

—Mi padre se llama Dunstan Thorn y madre Daisy Thorn.

—Mmm, ¿Dunstan Thorn...? Yo conocí a tu padre. Me dio cobijo una noche. No era mal tipo, aunque soñaba como un poseso y me lo puso bastante difícil para dormir... —Se rascó el hocico—. Pero eso no explica... ¿No hay nada que sea inusual en tu familia?

—Mi hermana Louisa puede mover las orejas.

El hombrecillo peludo sacudió sus grandes y peludas orejas como quien no quiere la cosa.

—No, eso no me sirve —dijo—. Yo pensaba más bien en una abuela que fuese una famosa hechicera, o en un tío que fuese un notorio mago, o unas cuantas hadas en el árbol genealógico.

—No que yo sepa —reconoció Tristran.

El hombrecillo cambió de estrategia.

—¿Dónde está el pueblo de Muro? —preguntó, y Tristran señaló la dirección con el dedo—. ¿Dónde están las Colinas Discutibles? —Tristran señaló una vez más, sin dudarlo—. ¿Dónde están las Islas Catavarias? —Tristran señaló al sudoeste.

No sabía ni que existían las Colinas Discutibles o las Islas Catavarias hasta que el hombrecillo las hubo mencionado, pero estaba muy seguro en su interior de su localización, como lo estaba de por dónde andaba su pie izquierdo, o en qué lugar de la cara tenía la nariz

—Mmm. Muy bien. ¿Sabes dónde está Su Vastedad el Ternero Muskish?

Tristran afirmó con la cabeza.

—¿Sabes dónde está la Ciudadela Transluminaria de Su Vastedad la Bueya Almizclera?

Tristran señaló, con certeza.

—¿Y qué me dices de París? El de Francia.

Tristran meditó un momento.

—Bueno, si Muro está por ahí, supongo que París debe de estar más o menos en la misma dirección, ¿no?

—Veamos —dijo el hombrecillo peludo, hablando para sí más que para Tristran—. Puedes encontrar lugares en el País de las Hadas, pero no en tu mundo, excepto Muro, que es un lugar fronterizo... No puedes encontrar a gente... pero... A ver, chico, ¿sabes dónde está la estrella que estás buscando?

Tristran señaló, inmediatamente.

—Es por ahí —afirmó.

—Mmm. Muy bien. Aunque esto tampoco explica nada. ¿Tienes hambre?

—Un poco. Y estoy todo ajado y harapiento —dijo Tristran, examinando los enormes agujeros de sus pantalones y su chaqueta, por donde las ramas y espinas le habían atacado, y que las hojas habían desgarrado mientras corría—. Mira mis botas...

—¿Qué llevas en la bolsa? —le preguntó el hombrecillo.

Tristran abrió su bolsa Gladstone.

—Manzanas, queso, media barra de pan, un bote de pasta de pescado, mi cortaplumas, una muda de ropa interior, unos pares de calcetines de lana... Debí haber traído más ropa...

—Quédate la pasta de pescado —dijo su compañero de viaje, y dividió rápidamente la comida que quedaba en dos montoncitos iguales—. Me has hecho un gran favor —dijo, mordisqueando una manzana—, y yo no soy de los que olvidan algo así. Primero arreglaremos lo de tu ropa, y después te enviaremos a buscar tu estrella. ¿Vale?

—Eres muy amable —dijo Tristran, nervioso, mientras cortaba el queso para acompañar su pedazo de pan.

—Muy bien —dijo el hombrecillo peludo—. Vamos a buscarte una manta.

Al amanecer, tres de los señores de Stormhold descendían por un escarpado camino de montaña en una diligencia tirada por seis caballos negros. Éstos iban adornados con plumas negras, la diligencia estaba recién pintada de negro y los señores de Stormhold iban vestidos de riguroso luto.

Primus llevaba una túnica larga, negra, monacal; Tertius iba ataviado con el sobrio traje de luto de un mercader; mientras que Septimus vestía un jubón y calzas negras y un sombrero negro con una pluma negra, era la viva imagen de un asesino salido de una obra de teatro isabelina.

Los señores de Stormhold se observaban entre sí, uno expectante, otro cauteloso y otro inexpresivo. No decían nada; aunque si hubiera sido posible formar alianzas, Tertius podría haberse unido a Primus contra Septimus. Pero ninguna alianza era viable.

El carruaje producía un continuo triquitraque y se sacudía de un lado a otro; sólo se detuvo una vez para que los tres señores pudieran aliviar la vejiga y enseguida reanudó su vaivén colina abajo.

Los tres señores habían depositado los restos de su padre en la Sala de los Antepasados. Sus hermanos muertos los contemplaban desde las puertas de la Sala, sin decir nada. Hacia el anochecer, el cochero gritó «¡Desvíoalanada!», e hizo detener sus caballos ante una posada sórdida, construida contra lo que parecían las ruinas de la casa de un gigante. Los tres señores de Stormhold salieron de la diligencia y estiraron las piernas entumecidas. Diversos rostros los contemplaron a través de las gruesas ventanas de la posada.

El posadero, que era un gnomo colérico muy mal dispuesto, asomó la nariz por la puerta.

—Habrá que airear las camas y poner un estofado de cordero al fuego —ordenó.

—¿Cuántas camas habrá que airear? —preguntó Letitia, la sirvienta, desde las escaleras.

—Tres —dijo el gnomo—. Apuesto a que harán dormir a su cochero con los caballos.

—Pues nada, sólo tres —susurró Tilly, la camarera, a Lacey, el palafrenero—. Aunque se ve claramente que hay siete caballeros al lado de la diligencia.

Efectivamente, cuando los señores de Stormhold entraron sólo eran tres, y además anunciaron que su cochero dormiría en los establos.

La cena consistió en un estofado de cordero y panecillos recién hechos que exhalaban un hilo de vapor al partirse; cada uno de los señores bebió una botella del mejor vino de Baragundia, y se aseguraron de que las abrieran en su presencia, porque ninguno de ellos quería compartir botella con los otros dos, ni tan sólo permitir que el vino se escanciara en una copa, cosa que escandalizó al gnomo, que opinaba —aunque no lo dijo de modo que sus huéspedes pudieran oírle— que al vino se le debía dejar respirar.

El cochero devoró un plato de estofado, bebió dos jarras de cerveza y se fue a dormir a los establos. Los tres hermanos subieron a sus habitaciones respectivas y atrancaron las puertas.

Tertius había dado una moneda de plata a Letitia la sirvienta cuando ésta le trajo el calentador para la cama, y no se sorprendió nada al oír, poco antes de medianoche, cuando todo estaba en silencio, que llamaban a su puerta.

La muchacha vestía un camisón blanco de una pieza, hizo una reverencia cuando él abrió la puerta y sonrió, tímidamente. Traía una botella de vino. Tertius cerró la puerta y la llevó hasta la cama, donde, después de quitarle el camisón y de haber examinado su cara y su cuerpo a la luz de una vela, y de besarla en la frente, los labios, los pezones, el ombligo y los dedos de los pies, y de apagar la vela, le hizo el amor sin decir palabra. Al cabo de un rato, gruñó y se quedó inmóvil.

—Bueno, cariño, ¿te ha gustado? —preguntó Letitia.

—Sí —dijo Tertius cautelosamente, como si las palabras de ella escondieran una trampa—. Me ha gustado.

—¿Querrás un poco más antes de que me vaya?

Como respuesta, Tertius señaló entre sus piernas. Letitia rio.

—Podemos volver a levantarla en un periquete —dijo.

Abrió la botella de vino que había traído, que estaba a un lado de la cama, y se la ofreció a Tertius. Él sonrió, bebió un par de tragos y la abrazó de nuevo.

—Seguro que te sienta de maravilla —le dijo ella—. Bueno, cariño, esta vez deja que te enseñe cómo me gusta a mí... Pero ¿qué te ocurre?

El señor Tertius de Stormhold se retorcía de dolor en la cama con los ojos desorbitados y la respiración entrecortada.

—Ese vino... —boqueó—. ¿De dónde lo has... sacado...?

—Tu hermano —contestó Letty—. Me lo encontré en la escalera. Me dijo que era un gran reconstituyente, capaz de poner tieso a cualquiera, y que nos proporcionaría una noche que jamás olvidaríamos.

—Y así ha sido —suspiró Tertius, que se convulsionó una, dos, tres veces, y quedó tieso e inmóvil.

Tertius oyó, desde una enorme distancia, los gritos de Letitia. Fue consciente de cuatro presencias familiares a su lado, entre las sombras junto a la pared.

—Era muy hermosa —susurró Secundus, y Letitia creyó oír un susurro entre las cortinas.

—Septimus es muy astuto —dijo Quintus—. Ha usado el mismo preparado de bayas de la perdición con que aliñó mis anguilas.

Y a Letitia le pareció que oía aullar el viento entre los despeñaderos de la montaña.

Cuando llegaron todos los de la posada, que se habían despertado con sus gritos, Letitia les abrió la puerta y enseguida se emprendió una búsqueda. El señor Septimus, sin embargo, no fue hallado, ni tampoco uno de los corceles negros del establo (donde el cochero dormía y roncaba sin que se le pudiera despertar).

Lord Primus estaba de muy mal humor a la mañana siguiente. Declinó la idea de ejecutar a Letitia y declaró que era víctima de la astucia de Septimus, igual que Tertius, pero sí ordenó que ella acompañase el cuerpo de Tertius al castillo de Stormhold. Le dejó uno de los caballos negros para acarrear el cuerpo y una bolsa de monedas de plata, suficientes para pagar a alguien del pueblo de Desvíoalanada para que la acompañara y se asegurara de que los lobos no se hacían con el caballo o con los restos de su hermano, y para pagar al cochero, cuando al fin se despertara.

Después, solo en la diligencia arrastrada por cuatro corceles negros como el carbón, lord Primus abandonó Desvíoalanada, considerablemente más enfadado de lo que estaba cuando llegó a él.

Brevis llegó al cruce de caminos tirando de una cuerda. La cuerda iba atada al cuello de un macho cabrío, barbudo, cornudo y de ojos malvados, que Brevis llevaba al mercado a vender. Aquella mañana, la madre de Brevis había colocado un único rábano sobre la mesa y le había dicho:

—Brevis, hijo, este rábano es lo único que he podido arrancar hoy del huerto. Todos nuestros cultivos se han echado a perder y se nos ha terminado toda la comida. Sólo podemos vender el macho cabrío. Quiero que le ates una cuerda al cuello, que lo lleves al mercado y que lo vendas a un granjero. Y con las monedas que te den por él (no debes aceptar menos de un florín, tenlo en cuenta) compra una gallina, maíz y nabos, y así quizá no moriremos de hambre.

Así que Brevis royó su rábano, que era correoso y tenía un sabor picante, y se pasó el resto de la mañana persiguiendo al macho cabrío por todo el corral, sufriendo una patada en las costillas y un mordisco en la pierna durante el proceso. Al fin, con la ayuda de un calderero que pasaba, logró dominar lo suficiente al animal como para atarle la soga al cuello. Dejó a su madre vendando las heridas que el macho cabrío causó al calderero y se llevó al animal al mercado.

A veces el macho cabrío se empeñaba en salir a la carrera, y entonces Brevis era arrastrado e intentaba hundir los talones de las botas en el barro seco del camino para frenarlo, hasta que el animal decidía, por razones que Brevis no sabía discernir, detenerse de pronto y sin avisar. Entonces Brevis se levantaba del suelo y volvía a arrastrar al bicho. Llegó al cruce de caminos al borde del bosque, sudado, hambriento y magullado, arrastrando al macho cabrío que no colaboraba.

Allí se encontró con una mujer alta. Una diadema de plata coronaba el velo carmesí que envolvía su cabello negro, y su vestido era tan rojo como sus labios.

—¿Cómo te llaman, chico? —preguntó, con una voz que parecía miel espesa y almizclada.

—Me llaman Brevis, señora —dijo Brevis, que vio algo extraño tras la mujer.

Era un pequeño carro, pero sin animal alguno enjaezado entre las varas. Se preguntó cómo podía haber llegado hasta allí.

—Brevis —ronroneó ella—. Qué nombre tan bonito. ¿Te gustaría venderme tu macho cabrío, Brevis?

Brevis dudó.

—Mi madre me ha dicho que lo llevara al mercado —respondió—, y que lo vendiera por una gallina, algo de maíz y unos nabos, y que le trajera de vuelta el cambio.

—¿Cuánto te dijo tu madre que pidieras por el animal? —preguntó la mujer del vestido escarlata.

—No menos de un florín —dijo él.

Ella sonrió y levantó una mano. Algo amarillo brilló en ella.

—Pues yo te daré una guinea de oro —dijo— con la que podrás comprar un gallinero entero y cien cestos de nabos.

La boca del chico se abrió por la sorpresa.

—¿Trato hecho?

El chico asintió y le ofreció el extremo de la cuerda que el macho cabrío llevaba atada al cuello.

—Tome —fue todo cuanto pudo decir.

Tenía la cabeza llena de imágenes de riqueza infinita e incontables nabos.

La dama tomó la cuerda. Entonces tocó con un dedo la frente del macho cabrío, entre sus ojos amarillos, y soltó la cuerda. Brevis esperaba que el animal saliera disparado hacia el bosque o por uno de los caminos, pero se quedó donde estaba, como paralizado. Brevis alargó la mano para cobrar su guinea de oro. Entonces la mujer le examinó de arriba abajo, desde las suelas embarradas de sus botas hasta su pelo sudado y alborotado, y una vez más sonrió.

—¿Sabes una cosa? —dijo—. Creo que un par de animales serían mucho más impresionantes que uno solo. ¿No te parece?

Brevis no sabía de qué estaba hablando la mujer y abrió la boca para decírselo, pero ella alargó un dedo y le tocó el puente de la nariz, entre los ojos, y él descubrió que no podía decir nada de nada. La mujer chasqueó los dedos y Brevis y el macho cabrío se dieron prisa en colocarse entre las varas del carro; el chico se sorprendió al darse cuenta de que caminaba sobre cuatro patas y que no era más alto que el otro animal.

La bruja hizo restallar el látigo y su carro empezó a rodar por el barro del camino, tirado por un par de machos cabríos blancos, cornudos e idénticos.

El hombrecillo peludo se había llevado los harapos que antes habían sido la chaqueta, los pantalones y el chaleco de Tristran y lo había dejado envuelto en una manta, mientras él se dirigía a un pueblo situado en un valle entre tres colinas cubiertas de brezo.

Tristran, sentado y envuelto con la manta, esperaba. Unas luces parpadeaban en el espino blanco que tenía tras de sí. Creyó que eran luciérnagas u orugas, pero al examinarlas más de cerca, vio que eran personas diminutas, que chisporroteaban y saltaban de rama en rama. Tosió, educadamente. Una veintena de ojos diminutos le contemplaron. Varias de las criaturas desaparecieron. Otras se retiraron, ocultándose en la espesura del arbusto, mientras que un puñado, más valientes que las demás, se le acercaron. Empezaron a reír, con unas vocecitas agudas como campanillas, señalando a Tristran con el dedo, con sus botas deshechas y su manta, su ropa interior y su bombín. Tristran se sonrojó y se encogió bajo la manta.

Una de las personillas cantó:

> Pataplís, pataplás,
> el chico de la manta
> a la carrera va a buscar
> una estrella que es fugaz.
> Pero ya descubrirá,
> que a quien camina por el País de las Hadas
> se le arrebata la manta
> para ver si debajo hay truhán.

Y otra cantó:

> Tristran Thorn
> Tristran Thorn
> no sabe por qué nació,
> y una tonta promesa juró,
> toda la ropa se le rompió,
> y aquí abatido él se sentó.
> Pronto sufrirá el desdén de su amada.
> Wistran
> Bistran
> Tristran
> Thorn.

—Largaos ya, insensatos —masculló Tristran, con la cara encendida, y al no tener nada más a mano les arrojó su bombín.

Por ese motivo, cuando el hombrecillo peludo regresó del pueblo de Jarana (aunque nadie sabía por qué se llamaba así, puesto que era un lugar oscuro y sombrío, y lo había sido desde tiempo inmemorial), halló a Tristran sentado junto a un espino blanco, envuelto en la manta, malhumorado y lamentando la pérdida de su sombrero.

—Han dicho cosas crueles de mi verdadero amor —dijo Tristran—. La señorita Victoria Forester. ¿Cómo se atreven?

—Las personillas se atreven con todo —dijo su amigo—. Y dicen muchas tonterías. Pero también dicen cosas de lo más juiciosas. Hazles caso bajo tu responsabilidad, e ignóralas si te conviene.

—Han dicho que pronto me enfrentaré al desdén de mi amada.

—¿Eso dijeron? —El hombrecillo peludo estaba disponiendo diversas prendas sobre la hierba. Incluso a la luz de la luna, Tristran vio que aquella ropa no se parecía en nada a la que él mismo se había quitado hacía unas horas.

En el pueblo de Muro los hombres vestían de marrón, gris y negro; e incluso el pañuelo más rojo vestido por el más rubicundo de los campesinos pronto quedaba descolorido por el sol y la lluvia y adquiría un tono más viril. Tristran contempló el carmesí, el amarillo canario y el bermejo de las prendas, que parecían dignas de los trajes que vestían los cómicos de la legua o de los que usaba su prima Joan para jugar a las adivinanzas, y dijo:

—¿Y mi ropa?

—Ésta es tu ropa, ahora —replicó el hombrecillo peludo, orgulloso—. He canjeado tus prendas. Esto es de mejor calidad; mira, no se rasga con tanta facilidad, no son unos harapos y, además, así no vas a desentonar tanto. Es lo que la gente viste por estos lugares, ¿sabes?

Tristran meditó la posibilidad de completar su búsqueda envuelto en una manta, como un salvaje aborigen en alguno de sus libros de texto. Pero, con un suspiro, se quitó las botas y dejó caer la manta sobre la hierba, y siguiendo las instrucciones del hombrecillo peludo —«No, no, chico, eso va encima de esto otro. Cielos, ¿es que ya no os enseñan nada?»— pronto vistió su ropa nueva. Las nuevas botas le encajaban mejor de lo que las viejas lo habían hecho nunca. Sin duda, eran unas prendas excelentes. Es cierto, como apunta el dicho, que el hábito no hace al monje, ni deja la mona de ser tal por mucha seda que vista, pero a veces puede añadir algo de sabor a la receta. Y Tristran Thorn vestido de carmesí y amarillo canario no era el mismo Tristran Thorn que había sido con su chaqueta y su traje de los domingos. Ahora caminaba con temple, se movía con una agilidad que antes no poseía; levantaba la barbilla en vez de bajarla y lucía un resplandor en los ojos que no se le veía cuando llevaba su bombín.

Después de comer lo que el hombrecillo peludo había traído consigo de Jarana, que consistía en trucha ahumada, un tazón de guisantes frescos, varios pastelitos de pasas y poca cosa más, Tristran se sintió perfectamente a gusto con su nueva indumentaria.

—Bueno —dijo el hombrecillo peludo—. Me has salvado la vida, chico, ahí en el bosque huraño, y tu padre me hizo un favor antes de que tú nacieras, por lo que no dejaré que se diga que soy un desagradecido que no paga sus deudas —Tristran empezó a murmurar que su amigo ya había hecho más que suficiente por él, pero el hombrecillo peludo le ignoró y siguió hablando— ... así que yo me preguntaba: sabes dónde está tu estrella, ¿verdad?

Tristran señaló, sin pensar, hacia el oscuro horizonte.

—Pero veamos, ¿a qué distancia está tu estrella? ¿Lo sabes?

Tristran, hasta entonces, no había pensado en ello, pero de pronto empezó a decir:

—Un hombre podría andar, deteniéndose sólo para dormir, mientras la luna crece y mengua sobre su cabeza media docena de veces, cruzando traidoras montañas y ardientes desiertos, antes de poder llegar allí donde la estrella ha caído.

No parecía apenas su voz y parpadeó de sorpresa.

—Lo que imaginaba —dijo el hombrecillo peludo, acercándose a su fardo e inclinándose sobre él, para que Tristran no pudiera ver cómo se abría el candado—. Tampoco debes de ser el único que andará buscándola. ¿Recuerdas lo que te dije antes?

—¿Lo de hacer un agujero para enterrar mis excrementos?

—Eso no.

—¿Lo de no decir a nadie mi verdadero nombre, ni mi destino?

—Eso tampoco.

—¿Pues qué?

—«¿Cuántas leguas hasta Babilonia?» —recitó el hombre.

—Ah, sí. Eso.

—«¿Puedo llegar allí a la luz de un candil? / Sí, y también puedo volver.» Pero es mejor una vela. Es cosa de la cera, ¿sabes? Aunque la mayoría de las velas no sirve. Ésta me costó mucho encontrarla —dijo, sacó del fardo un trozo de vela del tamaño de una manzana silvestre y se lo entregó a Tristran.

Tristran era incapaz de ver nada extraordinario en ese trozo de vela. Era una vela hecha de cera, no de sebo, y estaba bastante usada y fundida. El pabilo estaba chamuscado y ennegrecido.

—¿Y qué hago con esto? —preguntó.

—Todo a su debido tiempo —respondió el hombrecillo peludo, que sacó otra cosa de su fardo—. Toma esto también. Lo necesitarás.

El objeto brilló a la luz de la luna y Tristran lo cogió: parecía una fina cadena de plata, con un aro a cada extremo. Era fría y escurridiza al tacto.

—¿Qué es?

—Lo normal. Aliento de gato y escamas de pez, y luz de luna en una alberca, todo fundido, forjado y pulido por los enanos. La necesitarás para llevarte tu estrella contigo.

—¿De veras?

—Claro.

Tristran dejó caer la cadena sobre su palma: parecía mercurio.

—¿Dónde puedo guardarla? No hay bolsillos en estas condenadas prendas.

—Envuelve con ella tu muñeca hasta que la necesites. Ya está. Pero tienes un bolsillo en la túnica, aquí debajo, ¿ves?

Tristran encontró el bolsillo escondido. Encima de él había un pequeño ojal, y en éste la campanilla, la flor de cristal que su padre le había entregado como talismán cuando abandonó Muro. Se preguntó si de veras le traería suerte, y si así era, ¿qué tipo de suerte podría ser, buena o mala?

Tristran se levantó. Tenía la bolsa de piel bien sujeta en la otra mano.

—Veamos —dijo el hombrecillo peludo—. Esto es lo que tienes que hacer: sostén la vela con la mano derecha, yo te la encenderé, y entonces, camina hacia tu estrella. Usa la cadena y tráela aquí. No queda mucho pabilo en la vela, así que más vale que te des prisa, y que andes a buen ritmo. Si te entretienes, lo lamentarás. «Si eres ágil de cabeza y pies», ¿recuerdas?

—Supongo que... sí —dijo Tristran.

El hombrecillo peludo pasó una mano por encima de la vela, que se encendió con una llama amarilla por arriba y azul por abajo. Se levantó una ráfaga de viento, pero la llama no titiló en absoluto.

Tristran levantó la mano que sostenía la vela y empezó a andar hacia delante. Su luz iluminaba el mundo: cada árbol y cada arbusto y cada brizna de hierba. El siguiente paso de

Tristran le llevó junto a un lago, y la luz de la vela brilló con fuerza sobre el agua; y enseguida anduvo a través de las montañas, por entre solitarios despeñaderos, donde la luz de la vela se reflejaba en los ojos de las criaturas de las nieves; y después anduvo sobre las nubes, que, aunque no del todo sólidas, soportaban cómodamente su peso; y entonces, sosteniendo firmemente su vela, se halló bajo tierra, y la luz se reflejó en las paredes húmedas de las cavernas. Después volvió a encontrarse entre las montañas, y entonces recorrió un camino que atravesaba un bosque salvaje, y entrevió un carro tirado por dos machos cabríos, montado por una mujer con un vestido rojo que parecía, a juzgar por lo que de ella vio, la reina Boadicea tal como la dibujaban sus libros de historia; dio otro paso y se encontró en una frondosa cañada, donde podía oír la risa del agua que chapoteaba y cantaba en un pequeño arroyo. Dio otro paso, pero seguía en el claro. Había altos helechos, y olmos, y dedaleras en abundancia, y la luna ya se había puesto en el cielo. Levantó la vela, buscando una estrella caída, pero no vio nada.

Sin embargo, algo oyó bajo el murmullo del arroyo: unos gemidos, y alguien que tragaba saliva. El sonido de alguien que intenta no llorar.

—¿Hola? —dijo Tristran.

Los gemidos cesaron. Tristran estaba seguro de que se veía una luz bajo un avellano y se dirigió hacia ella.

—Disculpe —dijo, con la intención de tranquilizar a quien estuviera sentado bajo el avellano, y rezando para que no fuesen otra vez aquellas personillas que le habían robado el sombrero—. Estoy buscando una estrella.

Como respuesta, un terrón de tierra húmeda salió disparado del árbol y golpeó a Tristran en plena cara. Le hizo un poco de daño, y se le metieron trozos de tierra por el cuello.

—No le haré daño —dijo, en voz alta.

Esta vez, cuando otro terrón se precipitó contra él, Tristran se agachó y el proyectil impactó contra un olmo a sus espaldas. Tristran avanzó.

—Vete —dijo una voz, ronca y lacrimosa, que sonaba como si hubiera estado llorando—, vete y déjame en paz.

Estaba echada bajo el avellano, en una extraña posición, y contempló a Tristran con una mirada rabiosa de absoluta enemistad. Arrancó otro terrón de tierra y alzó la mano, amenazadora, pero no lo tiró. Tenía los ojos rojos e irritados. Su pelo era tan rubio que casi era blanco, su vestido era de seda azul y relucía a la luz de la vela. Rutilaba toda entera.

—Por favor, no me tires más barro —rogó Tristran—. Mira, no quiero molestarte, pero es que hay una estrella caída por aquí cerca y tengo que encontrarla antes de que se apague la vela.

—Me he roto la pierna —dijo la joven.

—Lo siento —dijo Tristran—. Pero la estrella...

—Me he roto la pierna al caer —insistió ella, con tristeza, y volvió a arrojarle un terrón. Al mover el brazo, desprendió un polvo brillante. El terrón golpeó a Tristran en el pecho—. Vete —sollozó, enterrando la cara entre los brazos—. Vete y déjame en paz.

—Tú eres la estrella —dijo Tristran, que al fin comprendió.

—¡Y tú eres un cabeza de chorlito —dijo la chica, con amargura—, y un bobo, y un zote, y un sinsustancia y un petimetre!

—Sí —dijo Tristran—. Supongo que soy todo eso.

Y con estas palabras soltó uno de los extremos de la cadena de plata y pasó el aro por la delgada muñeca de la chica. Sintió que el otro aro se ceñía fuertemente a su propia muñeca.

Ella le contempló amargamente.

—¿Se puede saber —preguntó con una voz que estaba,

de pronto, más allá de la furia, más allá del odio— qué crees que estás haciendo?

—Te llevo a casa conmigo —dijo Tristran—. Hice un juramento.

La llama de la vela empezó a temblar, violentamente, mientras el último trozo de pabilo flotaba en una charca de cera, y por un momento la llama creció, iluminando la cañada, y a la chica, y la cadena, irrompible, que unía su muñeca con la de él. Y entonces se apagó.

Tristran contempló la estrella —la chica— y, con todas sus fuerzas, logró no decir nada.

«¿Puedo llegar allí a la luz de un candil? —pensó—. Sí, y también puedo volver.» Pero la vela se había apagado, y el pueblo de Muro se hallaba a seis meses de duro viaje de aquel lugar.

—Sólo quiero que sepas —dijo la chica, fríamente— que seas quien seas, y sean cuales sean tus intenciones hacia mí, no te ayudaré en modo alguno, ni te asistiré, y haré todo cuanto esté en mi mano para frustrar tus planes y triquiñuelas. —Y después añadió, con gran sentimiento—: Idiota.

—Mmm —dijo Tristran—. ¿Puedes andar?

—No —respondió ella—. Tengo la pierna rota. ¿Eres sordo, además de estúpido?

—¿Dormís, los de tu raza? —preguntó.

—Claro, pero no de noche. De noche, brillamos.

—Bueno —dijo él—, yo voy a intentar dormir. No se me ocurre nada más que hacer. Ha sido un día muy largo para mí, entre una cosa y otra. Y quizás a ti te convendría dormir también. Nos espera un largo camino.

El cielo empezaba a clarear. Tristran apoyó la cabeza sobre su bolsa de piel, e hizo cuanto pudo para ignorar los insultos e imprecaciones que le espetaba la chica del vestido azul al otro extremo de la cadena. Se preguntó qué haría el hombrecillo peludo cuando viese que Tristran no volvía. Se preguntó qué estaría haciendo Victoria Forester en esos momentos, y decidió que seguramente estaba dormida, en su cama, en su dormitorio, en la granja de su padre. Se preguntó si seis meses no eran una caminata terriblemente larga y qué comerían por el camino. Se preguntó qué comían las estrellas... Y entonces se durmió.

—Zopenco, badulaque, memo —dijo la estrella.

Y suspiró, y se puso tan cómoda como pudo, en aquellas circunstancias. El dolor que sentía en la pierna era apagado pero continuo. Tiró de la cadena que le aprisionaba la muñeca, pero la halló tensa y firme, y no podía ni quitársela ni romperla.

—Cretino, desgraciado, alimaña —murmuró.

Y entonces ella también se durmió.

Capítulo 5
Donde se lucha hasta la saciedad por la corona

$\mathcal{A}$ la luz brillante de la mañana, la joven parecía más humana y menos etérea. No había dicho nada desde que Tristran había despertado.

Él cogió su cuchillo y cortó una rama caída en forma de Y mientras ella, sentada bajo un sicomoro, lo miraba furiosa y con el ceño fruncido. Tristran arrancó la corteza de una rama verde y envolvió con ella el extremo en forma de Y de la rama cortada. Aún no habían desayunado y Tristran estaba famélico; su estómago rugía mientras trabajaba. La estrella no dijo si tenía hambre. Lo único que había hecho era mirarlo, primero con reproche y después directamente con odio.

Tiró bien de la corteza, la pasó por debajo del último bucle y volvió a tirar para fijarla.

—De verdad, esto no es nada personal —confesó a la joven y al claro del bosque.

Bajo la luz del sol, la estrella a duras penas brillaba, excepto donde las sombras oscuras la rozaban.

La estrella pasó un pálido índice por la cadena de plata que corría entre ellos dos, trazó la circunferencia cerrada sobre su delgada muñeca, y no replicó.

—Lo he hecho por amor —continuó él—. Y tú eres mi única esperanza. Su nombre, o sea, el nombre de mi amor es Victoria Forester. Y es la más bonita, sabia y dulce chica que hay en el mundo entero.

La joven rompió su silencio con un resoplido de burla.

—¿Y esta sabia y dulce criatura te ha enviado a torturarme? —preguntó.

—Bueno, no exactamente. Verás, me prometió cualquier cosa que le pidiese, fuese su mano en matrimonio o besar sus labios, si le traía la estrella que vimos caer anteanoche. Yo pensé —confesó Tristran— que una estrella caída sería seguramente como un diamante o una roca. Lo que no me esperaba era una dama.

—Y cuando encontraste una dama, ¿no podías haberla socorrido, o haberla dejado en paz? ¿Por qué arrastrarla y hacerle sufrir por tu locura?

—El amor —replicó él.

Ella lo miró con ojos azules como el cielo.

—Espero que se te atragante —dijo, sin inflexión.

—No será así —dijo Tristran, con más confianza y ánimo de los que sentía—. Toma. Prueba esto. —Le entregó la muleta y la ayudó a levantarse.

Sintió cosquillas en las manos, nada desagradables, allí donde su piel tocó la de ella. Ella siguió sentada en el suelo, como un tocón, sin esforzarse por ponerse en pie.

—Te he dicho —afirmó ella— que haré cuanto esté en mi poder para frustrar tus planes y proyectos. —Contempló el claro a su alrededor—. Qué pobre se ve este mundo de día. Y qué deslucido.

—Apoya el peso sobre mí y el resto sobre la muleta. En algún momento tendrás que moverte —dijo él.

Estiró de la cadena y la estrella, de mala gana, empezó a levantarse; primero se apoyó sobre Tristran, y después, como si su proximidad le disgustara, sobre la muleta.

Entonces sofocó un grito y cayó sobre la hierba cuan larga era, con la cara deformada, gimiendo de dolor. Tristran se arrodilló junto a ella.

—¿Qué ocurre? —preguntó.

Sus ojos azules relampaguearon, pero estaban llenos de lágrimas.

—La pierna no me sostiene. Debe de estar rota. —La piel se le había vuelto blanca como una nube, y temblaba.

—Lo siento —dijo Tristran, inútilmente—. Puedo entablillártela; lo he hecho con las ovejas, no será nada. —Le apretó la mano, luego fue hacia el arroyo, mojó su pañuelo en él y se lo entregó a la estrella para que se refrescara la frente.

Cortó más ramas caídas con su cuchillo. Luego se quitó el jubón y la camisa, y los rompió para hacer tiras con las que atar las ramitas, tan firmemente como pudo, alrededor de la pierna herida. La estrella no emitió sonido alguno mientras realizaba la operación, aunque cuando ató con firmeza el último nudo, a Tristran le pareció oír que gemía un poco.

—La verdad es que deberíamos llevarte a un especialista. Yo no soy médico ni nada.

—¿No? —dijo ella secamente—. Me dejas de piedra.

La dejó reposar un poco al sol. Y entonces dijo:

—Más vale que volvamos a probar, supongo. —Y la ayudó a levantarse de nuevo.

Dejaron el claro cojeando; la estrella descansaba todo el peso sobre la muleta y el brazo de Tristran y se encogía de dolor a cada paso. Y cada vez que se encogía o le rechinaban los dientes, Tristran se sentía culpable e incómodo, pero se tranquilizó pensando en los ojos grises de Victoria Forester. Siguieron un sendero de ciervos a través del bosque de avellanos, mientras Tristran, que había decidido que lo correcto era conversar con la estrella, le preguntó cuánto hacía que era una estrella, si era agradable ser una estrella y si todas las estrellas eran mujeres, y le informó de que siempre había supuesto que las estrellas eran, como la señora Cherry les había enseñado, **bolas en llamas de gas en** combustión, de muchos cientos de miles kilómetros de diámetro; igual que el sol, sólo que más lejos. A todas estas preguntas y afirmaciones, ella no respondió.

—¿Por qué caíste? —preguntó él—. ¿Tropezaste con algo?

Ella se detuvo, se volvió y le contempló como si examinara algo muy desagradable a mucha distancia.

—No tropecé con nada —respondió ella al fin—. Me golpearon en un costado, con esto. —Buscó entre los pliegues de su vestido y sacó una gran piedra amarillenta, de la que colgaban dos pedazos de cadena—. Tengo un moratón en el lugar del golpe, el que me hizo caer del cielo. Y además ahora me veo obligada a llevarla conmigo.

—¿Por qué?

Pareció que iba a responder, pero la estrella sacudió la cabeza, cerró los labios y no dijo nada más. Un arroyo chapoteaba a su derecha, siguiendo su mismo paso. El sol de mediodía brillaba sobre sus cabezas y Tristran se encontraba cada vez más hambriento.

Sacó el mendrugo de pan seco de su bolsa Gladstone, lo humedeció en el arroyo y lo partió exactamente por la mitad. La estrella inspeccionó el pan húmedo con desdén y no se lo metió en la boca.

—Te morirás de hambre —le advirtió Tristran.

Ella no dijo nada, tan sólo levantó un poco más la barbilla.

Continuaron a través de los bosques, progresando lentamente. Seguían un sendero de ciervos que subía por la ladera de una colina, por entre árboles caídos; el cerro se hizo tan empinado que amenazó con precipitar a la estrella caída y a su captor ladera abajo.

—¿No hay un camino más fácil? —preguntó al fin la estrella, exasperada—. ¿Algún otro sendero, o un claro menos empinado?

En cuanto oyó la pregunta, Tristran supo la respuesta.

—Hay un camino a menos de una legua, hacia allí —dijo—, y un claro hacia allá, al otro lado de la espesura.

—¿Lo sabías?

—Sí. No. Bueno, lo he sabido cuando me lo has preguntado.

—Vayamos hacia el claro —propuso ella, y atravesaron la espesura como pudieron.

Les costó prácticamente una hora llegar al claro, pero el terreno, cuando lo alcanzaron, era tan plano y liso como un campo de fútbol. El espacio parecía haber sido despejado con un propósito, pero ¿cuál podía ser ese propósito? Tristran no era capaz de imaginarlo.

En el centro del prado, sobre la hierba a cierta distancia de ellos, había una ornamentada corona de oro que brillaba bajo la luz del sol de la tarde. Tenía incrustadas piedras rojas y azules; «rubíes y zafiros», pensó Tristran. Estaba a punto de acercarse a la corona cuando la estrella le tocó el brazo y dijo:

—Espera. ¿Oyes tambores?

Tristran se dio cuenta de que así era: un golpeteo grave, un latido, que venía de todas partes, de cerca y de lejos, y resonaba por las colinas. Luego se escuchó un fuerte estrépito, entre los árboles al otro extremo del claro, y unos gritos agudos y sin palabras. Entró en el prado un enorme caballo blanco con los flancos heridos y ensangrentados; corrió hasta el centro del claro, dio la vuelta, agachó la cabeza y se enfrentó a su perseguidor... que irrumpió en el claro con un rugido que le puso la carne de gallina a Tristran. Era un león, pero se parecía bien poco al león que Tristran había visto en la feria del pueblo de al lado, un animal sarnoso, desdentado y reumático. El que veía ahora era un león enorme, del color que tiene la arena bien entrada la tarde. Penetró en el claro corriendo, se detuvo y enseñó los dientes al caballo blanco. Éste parecía aterrorizado, con las crines manchadas de sudor y sangre, y tenia los ojos desorbitados. Tristran se dio cuenta de que le salía un largo cuerno de marfil en medio de la frente. Se levantó sobre las patas traseras, relinchando y resoplando, y un casco afilado y sin herrar golpeó el hombro del león, que aulló como un enorme gato escaldado y saltó hacia atrás. Entonces, a distancia, empezó a rodear al asustado unicornio, con sus ojos dorados fijos todo el tiempo en el cuerno afilado que le apuntaba continuamente.

—Detenlos —susurró la estrella—. Se matarán el uno al otro.

El león rugió al unicornio. Empezó con un gruñido suave, como un trueno distante, y acabó con un bramido que hizo temblar los árboles y las rocas del valle y el cielo. Entonces el león saltó y el unicornio embistió, y el prado se llenó de oro, plata y rojo, porque el león había subido sobre la grupa del unicornio, con las garras bien aferradas a los costados y la boca junto a su cuello, y el unicornio chillaba y se encabritaba y se arrojaba al suelo intentando quitarse de encima al gran felino; sus cascos y su cuerno eran incapaces de alcanzar a su torturador.

—Por favor, haz algo. El león lo matará —dijo la chica.

Tristran le habría explicado que lo único que podía esperar, si se acercaba a esas bestias furiosas, era ser empalado, pateado, desgarrado y comido; y también le habría explicado que, aunque sobreviviera al encuentro, seguía sin haber nada que él pudiera hacer, ya que no llevaba consigo ni tan sólo la palangana de agua que era el método tradicional usado en Muro para separar a los animales que se peleaban. Pero cuando todos estos pensamientos hubieron pasado por su cabeza, Tristran ya estaba en medio del claro, a un brazo de distancia de las bestias.

El olor del león era profundo, animal, terrorífico. Estaba

lo bastante cerca como para ver la expresión de súplica en los ojos negros del unicornio. Tristran recordó la vieja cancioncilla:

El León y el Unicornio peleaban por la corona.
El León abatió al Unicornio por toda la zona.
Lo abatió una vez,
lo abatió dos,
con toda su fuerza y su poder.
Lo abatió tres veces
para su dominio mantener.

Entonces recogió la corona tirada sobre la hierba —era tan pesada y dúctil como el plomo— y se acercó a los animales hablando al león como había hablado a los carneros de mal temperamento y a las ovejas nerviosas en los campos de su padre.

—Calma, vamos... Tranquilo... Toma tu corona... Buen chico.

El león sacudió al unicornio entre sus fauces, como un gato que jugara con una bufanda de lana, y lanzó una mirada de desconcierto hacia Tristran.

—¡Caramba! —dijo Tristran. Había hojas y ramitas enredadas en la melena del león. Ofreció la pesada corona a la gran bestia—. Has ganado. Suelta al unicornio. —Y se acercó un paso más. Luego alargó ambas manos temblorosas y colocó la corona sobre la cabeza del león.

El león se bajó del cuerpo postrado del unicornio y empezó a caminar, silencioso, por el claro, con la cabeza bien alta. Llegó a la linde del bosque, donde se detuvo varios minutos para lamer sus heridas con una lengua muy, muy roja, y entonces, ronroneando como un terremoto, se alejó adentrándose en el bosque.

La estrella cojeó hasta el unicornio herido y se echó

como pudo sobre la hierba, con la pierna rota completamente extendida a un lado. Le acarició la cabeza.

—Pobre, pobre criatura —dijo.

El animal abrió sus ojos oscuros y la contempló, y entonces puso la cabeza sobre su falda y cerró de nuevo los ojos.

Aquella noche Tristran se terminó el pan duro que quedaba, y la estrella no cenó nada en absoluto. Había insistido en que esperasen junto al unicornio y Tristran no tuvo valor para negárselo.

Ahora el prado estaba envuelto en la negrura. El cielo sobre sus cabezas relucía con los parpadeos de mil estrellas; y la mujer estrella resplandecía también, como si la Vía Láctea la hubiera dejado impregnada de polvo estelar, mientras el unicornio relucía gentilmente en la oscuridad, como una luna vista entre las nubes. Tristran estaba echado junto al unicornio, y sentía cómo su corpachón irradiaba calor en la noche. La estrella estaba echada al otro lado de la bestia, y daba la impresión de que murmuraba una canción al oído del unicornio; Tristran deseó poder oírla mejor: el fragmento de melodía que distinguía era extraño y fascinante, pero lo cantaba tan bajo que a duras penas podía percibirlo. Sus dedos tocaron la cadena que les unía: era fría como la nieve y tenue como la luz de la luna sobre una charca, o como un destello de luz sobre las escamas plateadas de una trucha cuando en el crepúsculo sube a la superficie a comer.

Enseguida se durmió.

La bruja reina seguía por un sendero de bosque, montada en su carro, golpeando con el látigo los costados de sus dos machos cabríos cuando aflojaban la marcha. Había distinguido el pequeño fuego de campamento que ardía junto al camino casi media legua atrás, y sabía, por el color de las llamas, que era un fuego hecho por su gente, porque los fuegos de bruja lucen unos colores inusuales. Así que hizo frenar a sus animales cuando llegó junto a la caravana gitana alegremente pintada, y junto al fuego de campamento, y junto a la vieja de cabellos de hierro sentada ante el fuego, quien vigilaba una liebre que se asaba sobre las llamas.

De la panza abierta de la liebre goteaba una grasa que caía crujiente y chisporroteante sobre el fuego; de allí se desprendían los aromas gemelos de carne asada y humo de leña. Un pájaro multicolor se sostenía sobre una percha de madera junto a la vieja. Erizó las plumas y chilló alarmado al ver a la bruja reina, pero estaba encadenado a la percha y no podía huir.

—Antes de que tú digas nada —dijo la mujer de cabello gris—, debo decirte que sólo soy una vieja vendedora de flores, una anciana inofensiva que nunca ha hecho nada a nadie, y a la que la visión de una gran dama tan terrorífica como tú llena de ansia y temor.

—No te haré daño —dijo la bruja reina.

La anciana entornó los ojos y contempló a la dama de la túnica roja de la cabeza a los pies.

—Eso dices ahora —exclamó—. Pero ¿cómo sé que es verdad, una pobre viejecita como yo, que no hago más que temblar de la cabeza a los pies? Podrías planear robarme durante la noche, o algo peor.

Atizó el fuego con un palo y las llamas se alzaron. El olor a carne asada flotaba en el aire inmóvil de la noche.

—Juro —dijo la dama de la túnica roja— por las reglas y restricciones de la Hermandad a la que tú y yo pertenecemos, por la pujanza de las Lilim, y por mis labios, pechos y doncellez, que no pretendo hacerte ningún daño, y que te trataré como si fueras mi propia invitada.

—Con eso me basta, tesoro —dijo la anciana, y su cara se partió en una sonrisa—. Ven, siéntate a mi lado. La cena estará lista en un periquete.

—De buena gana —dijo la dama de la túnica roja.

Los machos cabríos resoplaron y mordisquearon la hierba y las hojas junto al carro, y observaron con desagrado a las mulas atadas a un árbol, que durante el día tiraban de la caravana.

—Bonitos machos cabríos —dijo la anciana. La bruja reina inclinó la cabeza y sonrió modestamente. El fuego relució sobre la pequeña serpiente escarlata que le envolvía la muñeca como un brazalete—. Veamos, querida, mis ojos ya no son lo que eran, pero ¿me equivoco al suponer que uno de esos dos bravos animales empezó su vida sobre dos patas, y no cuatro?

—Se sabe de casos parecidos —reconoció la bruja reina—. Ese espléndido pájaro tuyo, por ejemplo.

—Este pájaro regaló una de las joyas de mi muestrario a un inútil total hace casi veinte años. Y más vale no hablar de los problemas que me trajo después. Así que, ahora, es ave a menos que haya trabajo que hacer o que deba atender el tenderete; y si pudiera encontrar un empleado fuerte al que no asustara el trabajo duro, se quedaría convertida en pájaro para siempre.

El pájaro pió tristemente sobre su percha.

—Me llaman madame Semele —dijo la anciana.

«Te llamaban Sal Sosa cuando eras una mocosa», pensó la bruja reina, pero dijo:

—Puedes llamarme Morwanneg. —Esto era prácticamente un chiste, porque Morwanneg significa «ola del mar», y su nombre verdadero hacía tiempo que se había hundido y perdido bajo el frío océano.

Madame Semele se levantó, entró en la caravana y salió luego con dos tazones de madera, dos cuchillos con mango de madera y un pequeño bote de hierbas secas y molidas, convertidas en polvo verde.

—Iba a empezar a comer con los dedos en un plato de

hojas frescas —dijo, entregando un tazón a la dama de la túnica roja. El tazón tenía un girasol pintado, visible bajo una capa de polvo—. Pero he pensado: «¿cuántas veces recibes visitas tan gentiles?». Así que sólo lo mejor de lo mejor. ¿Cola o cabeza?

—Elige tú —respondió su invitada.

—Entonces la cabeza para ti, con los sabrosos ojos y el cerebro y las orejitas crujientes. Yo me comeré los cuartos traseros, que sólo son carne insulsa. —Sacó el asador del fuego mientras hablaba y, usando los dos cuchillos con tanta rapidez que a duras penas resultaron visibles, dividió la pieza y separó la carne de los huesos, y la sirvió de manera bastante equitativa en los dos tazones. Pasó el bote de hierbas a su invitada—. No hay sal, querida, pero si le echas de esto, te gustará. Un poco de albahaca, un poco de tomillo silvestre... Todo receta mía.

La bruja reina tomó su porción de liebre asada y uno de los cuchillos, y esparció un poco de polvo de hierbas sobre el manjar. Pinchó un trozo de carne y se lo comió golosamente, mientras su anfitriona movía la carne y soplaba con fastidio la liebre asada, que desprendía su vapor.

—¿Qué tal está? —preguntó la anciana.

—Delicioso —respondió la invitada con sinceridad.

—Es por las hierbas —explicó la vieja.

—Sí, noto el sabor de la albahaca y el tomillo —dijo la invitada—, pero hay un tercer sabor que no acabo de reconocer.

—Ah —dijo madame Semele, y mordisqueó un poco de carne.

—Es un sabor de lo más insólito.

—Cierto. Una hierba que sólo crece en Garamond, en una isla en medio de un gran lago. Resulta de lo más agradable con todo tipo de carnes y pescados, y su sabor me recuerda un poco al hinojo, pero con un toque de nuez moscada. Sus flores son de color naranja muy atractivo. Es buena para el flato y la fiebre, y, además, es un leve somnífero que tiene la curiosa propiedad de provocar a quien lo tome la disposición de no decir nada más que la verdad durante unas cuantas horas.

La dama de la túnica escarlata contempló furiosa el contenido del tazón.

—¿Hierba de limbo? —masculló—. ¿Te has atrevido a darme hierba de limbo?

—Eso parece, querida —y la vieja rio y chilló de contento—. Veamos, pues, ama Morwanneg, si es ése tu nombre, ¿adónde vas en tu gran carro? ¿Y por qué me recuerdas a alguien que conocí una vez...? Madame Semele nunca olvida nada ni a nadie.

—Voy a buscar una estrella —dijo la bruja reina— que cayó en los bosques al otro lado del Monte Barriga. Y cuando la encuentre, cogeré mi gran cuchillo y le arrancaré el corazón mientras esté aún viva y su corazón le pertenezca. Porque el corazón de una estrella viva es un remedio soberano contra todos los achaques de la edad y el tiempo. Mis hermanas esperan mi regreso.

Madame Semele rio y se abrazó los hombros, columpiándose sobre los pies.

—El corazón de una estrella, ¿eh? ¡Ja, ja! Ese trofeo será para mí. Comeré el suficiente como para que regrese mi juventud, y mi pelo cambie del gris al dorado, y mis pechos se hinchen y vuelvan a ser firmes. Entonces llevaré el corazón que quede al Gran Mercado de Muro. ¡Ja!

—No harás nada de eso —dijo su invitada muy suavemente.

—¿No? Eres mi invitada, querida. Hiciste tu juramento. Has probado mi comida. Según las leyes de nuestra Hermandad, no puedes hacerme ningún daño.

—Oh, puedo hacerte daño de muchas maneras, Sal Sosa,

pero tan sólo te haré notar que alguien que ha comido hierba de limbo no puede decir nada más que la verdad durante varias horas; y una cosa más... —Relámpagos distantes parpadearon en sus palabras, y el bosque estaba silencioso, como si cada árbol y cada hoja la escucharan atentamente—. Esto te digo: has robado conocimientos sin ganártelos, pero no te serán de provecho, porque serás incapaz de ver la estrella, incapaz de percibirla, incapaz de tocarla, de saborearla, de encontrarla, de matarla. Aunque otro le cortara el corazón y te lo entregara, tú no lo sabrías, nunca sabrías qué tienes en la mano. Esto te digo. Éstas son mis palabras y dicen la verdad. Y debes saber una cosa más: juré, por el pacto de la Hermandad, que no te haría daño alguno. De no haberlo jurado, te convertiría en un escarabajo y te arrancaría las piernas una a una, y dejaría que los pájaros te encontraran, por haberme hecho sufrir esta indignidad.

Los ojos de madame Semele se desorbitaron de temor, y contempló a su invitada por encima de las llamas de la hoguera.

—¿Quién eres? —preguntó.

—La última vez que supiste de mí —dijo la mujer de la túnica escarlata—, gobernaba con mis hermanas en Carnadine, antes de que se perdiera.

—¿Tú? ¡Pero si estás muerta hace largo tiempo!

—Varias veces se ha dicho que las Lilim habían muerto, pero sólo han sido mentiras. La ardilla aún no ha encontrado la bellota de la que crecerá el roble que se cortará para construir la cuna del bebé que se hará mayor para matarme.

Unos destellos plateados chisporrotearon en las llamas mientras habló.

—Así que eres tú; has recuperado la juventud —suspiró madame Semele—. Y ahora yo también volveré a ser joven.

La dama de la túnica escarlata se levantó entonces y depositó el tazón con su porción de liebre en el fuego.

—No harás nada de eso —dijo—. ¿Me has oído? En cuanto me vaya, olvidarás que me has visto. Olvidarás todo esto, incluso mi maldición, aunque su certeza te molestará y te ofenderá, como un picor en un miembro amputado hace tiempo. Y en el futuro, trata con mayor gracia y deferencia a tus invitados.

El tazón de madera prendió en llamas y, entonces, una enorme lengua de fuego ennegreció las hojas del roble que se alzaba sobre sus cabezas. Madame Semele sacó el tazón del fuego golpeándolo con un palo y lo apagó a pisotones, entre las hierbas.

—¿Cómo es posible que se me haya caído este tazón en el fuego? —exclamó en voz alta—. Y mira, uno de mis bonitos cuchillos completamente quemado y arruinado. ¿En qué estaría yo pensando?

No hubo respuesta. Camino abajo, oyó el redoble de algo que podrían ser las pezuñas de unos machos cabríos adentrándose en la noche. Madame Semele sacudió la cabeza para despejar la mente de polvo y telarañas.

—Me hago vieja —dijo al pájaro multicolor sobre su percha, que lo había observado todo y no había olvidado nada—. Me hago vieja. Y nada puede hacerse.

El pájaro se removió, incómodo. Una ardilla roja entró, dudando un poco, en el círculo de luz de la hoguera. Recogió una bellota, la sostuvo un momento entre sus garras delanteras, tan parecidas a unas manos como si estuviera rezando; luego salió corriendo... enterró la bellota y la olvidó.

Mareamalsana es un pequeño pueblo costero construido con granito, una villa de abaceros y carpinteros y fabricantes de velas; de viejos marineros a los que faltan dedos y miembros que han abierto tabernas o han pasado sus días en ellas, con el pelo que les queda trenzado con brea y sus barbillas espolvoreadas de blanco desde hace mucho. No hay putas en Mareamalsana, ni nadie que se considere así, aunque siempre ha habido muchas mujeres que, bajo presión, se describirían como diversamente casadas, con un marido en este barco, anclado aquí cada medio año, y otro marido en aquel otro barco, que amarra en el puerto treinta días cada nueve meses. La matemática del asunto siempre ha complacido a la mayoría de la gente; si alguna vez falla y un hombre vuelve junto a su mujer mientras otro de sus maridos se encuentra residente, entonces se organiza una pelea... y las tabernas se encargan de consolar al perdedor. A los marineros no les importa este estado de cosas, porque saben que de esta manera habrá, al menos, una persona que se dará cuenta de que no regresan del mar y que lamentará su pérdida; y sus mujeres se contentan con la certeza de que sus maridos también les son infieles, porque la mar siempre conquista el afecto de un hombre, siendo a la vez madre y amante; y será ella quien lavará su cadáver, en el futuro, y lo convertirá en coral y marfil y perlas.

Fue a Mareamalsana adonde llegó una noche Primus, señor de Stormhold, vestido todo de negro, con una barba tan seria y espesa como uno de los nidos de cigüeña que adornaban las chimeneas del pueblo. Llegó en un carruaje tirado por caballos negros y se alojó en El Descanso del Marino, en la calle del Garfio. Se le consideró de lo más peculiar en sus peticiones y requerimientos, porque llevó su propia comida y bebida a sus habitaciones y la guardó cerrada con llave en un cofre de madera, que sólo abría para tomar una manzana, o un trozo de queso, o una copa de vino. Tenía la habitación más alta de El Descanso del Marino, un edificio empinado construido sobre un acantilado de roca, para facilitar el contrabando. Sobornó a varios golfillos del lugar para que le avisaran en cuanto alguien que no conocieran llegase al pueblo, por tierra o por mar; en particular, debían vigilar a un hombre muy alto, anguloso, de pelo oscuro, con una cara delgada y hambrienta y ojos inexpresivos.

—Primus ha aprendido a tomar precauciones —dijo Secundus a sus otros cuatro hermanos muertos.

—Bueno, ya sabes qué se dice —susurró Quintus, con la voz triste de los muertos, que ese día sonaba como olas distantes sobre la arena de la playa—, un hombre con Septimus a su espalda que se canse de mirar por encima del hombro es que se ha cansado de la vida.

Por las mañanas, Primus hablaba con los capitanes de los barcos y les invitaba generosamente a *grog*, pero nunca bebía ni comía con ellos. Por la tarde, inspeccionaba los barcos en el muelle.

Pronto a los chismosos de Mareamalsana (y había muchos) les quedó clara la cosa: el caballero barbudo embarcaría hacia el este. Y a esta historia pronto le pisó los talones otra: que zarparía en el *Corazón de un Sueño*, al mando del capitán Yann, un barco de maderas negras con las cubiertas pintadas de rojo carmesí y una reputación más o menos decente (lo que quiere decir que sólo pirateaba en aguas distantes), y que la partida tendría lugar en cuanto el señor diese la orden.

—¡Buen señor! —dijo un golfillo a lord Primus—. Hay un hombre en el pueblo que ha venido por tierra. Se aloja con la señora Pettier. Es delgado y parece un cuervo, y le vi en el Rugido del Océano invitando a *grog* a todo el mundo. Dice que es un pobre marinero que busca donde poder embarcarse.

Primus acarició el pelo sucio del chico y le entregó una moneda. Entonces reanudó sus preparativos y aquella tarde se anunció que el *Corazón de un Sueño* zarparía dentro de tres breves días. El día antes de que el *Corazón de un Sueño* se hiciera a la mar, Primus fue visto vendiendo su carruaje y sus caballos al amo del establo de la calle del mundo,

tras lo cual anduvo hasta el muelle, donde dio unas monedas a los chavales. Entró en su camarote del *Corazón de un
Sueño* y dio órdenes estrictas de que nadie le molestara, por
ninguna razón, buena o mala, hasta al menos una semana
después de haber zarpado.

Aquella noche aconteció un desgraciado accidente a un
marino de la tripulación del *Corazón de un Sueño*. Patinó,
borracho, sobre el pavimento resbaladizo de Revenue Street
y se rompió la cadera. Por suerte, había un sustituto a punto: el mismo marinero con el que estuvo bebiendo aquella
noche el accidentado, a quien había convencido para que le
demostrara un complicado paso de baile sobre el pavimento
húmedo. Y este marinero, alto, de pelo oscuro y aspecto parecido a un cuervo, estampó un círculo como marca en los
papeles del barco esa misma noche, y al amanecer estaba en
cubierta cuando el barco zarpó entre la niebla matinal.

El *Corazón de un Sueño* puso rumbo al este. Y lord Primus de Stormhold, con la barba recién afeitada, contempló
cómo se alejaba desde un acantilado, hasta perderlo de vista.
Entonces se dirigió hacia la calle Wardle, donde devolvió el
dinero al amo del establo, añadiendo una pequeña cantidad,
y partió inmediatamente, por el camino de la costa, hacia el
oeste, en un carruaje negro tirado por caballos negros.

Era una solución obvia. Después de todo, el unicornio los
había estado siguiendo la mayor parte de la mañana, rozan-
do ocasionalmente con la frente el hombro de la estrella. Las
heridas de sus flancos, que florecieron como rosas rojas bajo
las garras del león el día anterior, ahora estaban secas y cubiertas por una costra marrón.

La estrella cojeaba, vacilaba y tropezaba, y Tristran caminaba junto a ella; la fría cadena los ataba muñeca con muñeca. Por una parte, Tristran consideraba que era casi un sacri-

legio montar un unicornio: no era un caballo, no tenía por qué aceptar ninguno de los antiguos pactos acordados entre el Hombre y el Caballo. Había en sus ojos negros algo muy salvaje, y un impulso eléctrico en sus movimientos que parecía peligroso e indómito.

Por otra parte, Tristran empezó a sentir que, de una manera que era incapaz de expresar, el unicornio apreciaba a la estrella y quería ayudarla. Así que dijo:

—Mira, ya sé que quieres frustrar mis planes todo cuanto te sea posible, pero si el unicornio quiere, quizá te podría llevar montada durante una parte del trayecto.

La estrella no dijo nada.

—¿Y bien?

Ella se encogió de hombros. Tristran se dirigió al unicornio y contempló sus ojos como charcas negras.

—¿Puedes entenderme? —preguntó. El animal no dijo nada. Él esperaba que asintiera, o que golpeara el suelo con un casco, como un caballo adiestrado que vio una vez en el pueblo cuando era pequeño. Pero el animal sólo le miró—. ¿Quieres llevar a la dama, por favor?

La bestia no dijo palabra, ni asintió ni golpeó el suelo con un casco. Pero se acercó a la estrella y se arrodilló a sus pies. Tristran la ayudó a montar. Ella se agarró con ambas manos a las crines enredadas y se sentó de lado, con la pierna rota sobresaliendo. Y así viajaron durante varias horas. Tristran caminaba a su lado, con la muleta de la estrella al hombro y su bolsa colgada del extremo. Le resultaba tan arduo viajar con la estrella montada sobre el unicornio como de la otra manera. Antes había tenido que caminar lentamente para seguir el paso renqueante de la estrella; ahora tenía casi que correr para seguir el paso del unicornio, temeroso de que se adelantara demasiado y que la cadena que les unía hiciese caer a la estrella del animal. Su estómago retumbaba mientras caminaba. Era dolorosamente consciente de lo hambriento que estaba; de tal modo que sólo era capaz de percibirse a sí mismo en tanto que ser famélico, rodeado de un poco de carne que caminaba tan rápido como podía, caminaba y caminaba...

Tropezó y supo que iba a caer.

—Por favor, detente —balbuceó.

El unicornio aminoró el paso y se detuvo. La estrella contempló a Tristran. Entonces hizo una mueca y sacudió la cabeza.

—Más vale que subas tú también —dijo—. Si el unicornio te deja. Acabarás desmayándote, si no, y me arrastrarás contigo al suelo. Y tenemos que ir a alguna parte para que puedas comer.

Tristran asintió, agradecido.

El unicornio no ofreció oposición, esperó parado a que Tristran montara sobre él. Fue como intentar escalar una pared vertical, en vano. Por fin, Tristran condujo al animal hacia un haya que había sido arrancada años atrás por una tormenta —o por un vendaval, o por un gigante irritable— y, sosteniendo la bolsa y la muleta de la estrella, subió por las raíces hasta el tronco, para saltar desde allí sobre la grupa del unicornio.

—Hay un pueblo al otro lado de esa colina —dijo Tristran—. Supongo que encontraremos algo para comer cuando lleguemos.

Dio unas palmadas en el flanco del unicornio con la mano libre. El animal empezó a andar. Tristran pasó la mano por la cintura de la estrella, para conservar el equilibrio. Notó la textura sedosa de su delgado vestido y, bajo él, la cadena gruesa del topacio en su cintura.

Cabalgar un unicornio no es como cabalgar un caballo: no se movía como un caballo; era una carrera más salvaje y más extraña. El unicornio esperó a que Tristran y la estrella estuvieran cómodamente instalados en su grupa, y entonces, lentamente, empezó a ganar velocidad. Los árboles pasaban como una exhalación a su lado. La estrella se inclinó hacia delante, con los dedos enredados entre las crines del unicornio; Tristran apretó los flancos del animal con las rodillas, y, olvidando su hambre, simplemente rezó para que una rama perdida no le precipitara al suelo.

Pronto descubrió que disfrutaba con aquella experiencia. Cabalgar un unicornio tiene algo especial para la gente que todavía puede hacerlo, algo que no se parece a nada más: es excitante, embriagador y hermoso.

El sol se ponía cuando llegaron a las afueras del pueblo. En un prado, bajo un roble, el unicornio se detuvo y no quiso avanzar más. Tristran desmontó ruidosamente sobre la hierba. Tenía el trasero dolorido, pero con la estrella mirándolo y viendo que ella no se quejaba de nada, no se atrevió a masajearse.

—¿Tú no tienes hambre? —preguntó a la estrella.

Ella no dijo nada.

—Mira —dijo él—, yo estoy famélico. Muerto de hambre. No sé si tú, si las estrellas, coméis... o qué coméis. Pero no estoy dispuesto a que te mueras de hambre. —La contempló inquisitivamente.

Ella lo miró, al principio impasible, pero enseguida se le llenaron los ojos azules de lágrimas. Se llevó una mano al rostro y se las secó dejando una mancha de barro en su mejilla.

—Sólo comemos oscuridad —dijo—, y sólo bebemos luz. Así que n-no estoy hambrienta. Me siento sola, asustada y t-triste, tengo frío y estoy prisionera, pero n-no tengo hambre.

—No llores —dijo Tristran—. Mira, iré al pueblo a buscar comida. Tú espera aquí. El unicornio te protegerá, si viene alguien.

Levantó los brazos y la ayudó con cuidado a desmontar.

El unicornio sacudió las crines y empezó a mordisquear la hierba del prado, satisfecho. La estrella se tragó las lágrimas.

—¿Que espere aquí? —preguntó levantando la cadena que les unía.

—Oh —dijo Tristran—. Dame la mano.

Ella se la alargó. Él manipuló torpemente la cadena, intentando deshacerla, pero sin éxito.

—Mmm —murmuró Tristran. Hizo lo mismo con la que ataba su muñeca, pero tampoco quiso soltarse—. Parece que los dos estamos bien atados.

La estrella se apartó el cabello del rostro, cerró los ojos y suspiró profundamente. Entonces, cuando volvió a abrirlos, de nuevo con pleno dominio de sí misma, dijo:

—Quizás haya que decir una palabra mágica.

—Yo no sé ninguna palabra mágica —contestó Tristran. Levantó la cadena, que brilló roja y púrpura a la luz del sol poniente—. ¿Por favor? —probó. Hubo una vibración en el material, y pudo al fin sacársela de la mano—. Ya estamos —dijo, y entregó a la estrella el otro extremo de la cadena que la había mantenido prisionera—. Intentaré no tardar mucho. Y si las hadas empiezan a cantarte sus estúpidas cancioncillas, por el amor de Dios, no les tires la muleta. Se la llevarían.

—No lo haré —dijo ella.

—Tengo que confiar, por tu honor de estrella, en que no echarás a correr en cuanto vuelva la espalda.

Ella tocó su pierna entablillada.

—Estaré bastante tiempo sin poder echar a correr —soltó, irónicamente.

Y con eso debió conformarse Tristran.

Anduvo la media legua que faltaba hasta el pueblo. No tenía posada, ya que estaba alejado de las rutas de los viajeros, pero la anciana rechoncha que se lo explicó insistió en que la acompañara hasta su cabaña, donde le ofreció un tazón de sopa de cebada con zanahorias y una jarrita de cerveza. Le entregó su pañuelo a cambio de una botella de licor de bayas, un queso verde y unos cuantos frutos poco familiares: blandos y aterciopelados, como albaricoques, pero del color azulino de las uvas, y olían un poco como las peras maduras. La mujer también le dio un pequeño haz de heno para el unicornio.

Volvió al prado donde había dejado a sus compañeros mordisqueando uno de los frutos, que era jugoso, sabroso y bastante dulce. Se preguntó si la estrella querría probarlos, y si le gustarían cuando los probase. Anheló que se mostrase satisfecha con lo que le traía.

Al llegar, Tristran pensó que se había equivocado, y que se había perdido a la luz de la luna. No: era el mismo roble bajo el que la estrella se había sentado.

—¿Hola? —llamó. Las luciérnagas se veían verdes y amarillas entre los setos y en las ramas de los árboles. No hubo réplica, y Tristran notó una sensación de náusea, de estupidez, en la boca del estómago—. ¡Hola! —exclamó. Dejó de llamar, porque no había nadie que pudiera responderle.

Soltó el haz de heno y le dio una patada.

La estrella se dirigía al sudeste y avanzaba más deprisa de lo que él podía andar, pero aun así la siguió bajo la brillante luz de la luna. En su interior, se sentía vacío e insensato; la culpa, la vergüenza y los remordimientos le susurraban que no debió de haberla desatado, sino atarla a un árbol, o llevarla con él al pueblo. Pensaba todo eso mientras caminaba; pero otra voz también le habló y le hizo comprender que, si no la hubiera desatado entonces, lo habría hecho en cualquier otro momento, más pronto que tarde, y ella hubiera huido igualmente.

Se preguntó si volvería a ver otra vez a la estrella, y tropezó con las raíces de los árboles viejos en las profundidades de los bosques. La luz de la luna se desvaneció lentamente

bajo la espesa capa de hojas y Tristran, después de tamba-
learse en vano entre la oscuridad, se echó debajo de un árbol, apoyó la cabeza sobre su bolsa, cerró los ojos y sintió
lástima de sí mismo hasta que cayó dormido.

En un sendero rocoso de la montaña, en la vertiente más
al sur del Monte Barriga, la bruja reina frenó su carro tirado por dos machos cabríos, se detuvo y husmeó el aire helado. La miríada de estrellas colgaba en el cielo frío sobre su
cabeza. Sus labios muy, muy rojos, se fruncieron en una
sonrisa de tal belleza, de tal brillantez, de tal felicidad pura
y perfecta, que de haberla visto se os habría helado la sangre en las venas.

—Ya está —dijo—. Viene hacia mí.

Y el viento del puerto de montaña aulló a su alrededor
triunfalmente, a modo de respuesta.

Primus se sentó junto a las brasas de su fuego y tembló
bajo el grueso abrigo. Uno de los corceles negros, despertán-
dose o soñando, relinchó y resopló, y después volvió a reposar. Primus notaba su cara extrañamente fría; echaba de menos su barba espesa. Con un palo, apartó una bola de arcilla
de las brasas. Se escupió en las manos, partió en dos la arcilla caliente y olió la dulce carne del lirón que se había asado
lentamente entre las brasas mientras él dormía. Comió me-
ticulosamente su desayuno escupiendo los huesecillos en el
círculo de la hoguera después de haberles roído toda la carne. Acompañó el lirón con un trozo de queso duro y lo regó
todo con un vino blanco ligeramente agrio.

En cuanto hubo comido, se limpió las manos en la túnica y lanzó las runas para encontrar el topacio que designaba
el dominio (que era, a todos los efectos, el trono) de las ciu-

dades precipicio y las vastas propiedades de Stormhold. Lanzó y contempló, sorprendido, las pequeñas tablillas cuadradas de granito rojo. Las recogió una vez más, las sacudió entre sus manos de largos dedos, las arrojó al suelo y las contempló de nuevo. Entonces Primus escupió a las brasas, que crepitaron perezosamente, y devolvió las runas a la bolsa que colgaba de su cinturón.

—Se mueve más rápido, más lejos —dijo Primus para sí.

Entonces orinó sobre las brasas, porque aquél era un territorio salvaje y había bandidos y ogros, y cosas aún peores, y no tenía deseo alguno de alertarlas sobre su presencia.

Luego enganchó los caballos al carruaje y subió al pescante. Se dirigió hacia los bosques, hacia el oeste, y hacia la cadena montañosa que había más allá.

La chica se agarró con fuerza al cuello del unicornio mientras el animal atravesaba el bosque oscuro. No había luna entre los árboles, pero el unicornio resplandecía con una luz pálida, como la luna, mientras que la chica relucía como si fuera dejando atrás un rastro de luces y, al pasar entre los árboles, a un observador distante le hubiera parecido ver una luz trémula incesante, exactamente igual que una pequeña estrella.

Capítulo 6
Lo que dijo el árbol

$\mathcal{T}$ristran Thorn soñaba.

Estaba en un manzano, contemplando a través de una ventana a Victoria Forester, que se desvestía. Cuando se quitó el vestido, revelando una generosa extensión de enaguas, Tristran sintió que la rama empezaba a ceder bajo sus pies y se encontró precipitándose por el aire bajo la luz de la luna...

Estaba cayendo hacia la luna.

Y la luna le estaba hablando: «Por favor —le susurraba, con una voz que le recordaba un poco a la de su madre—, protégela. Protege a mi hija. Quieren hacerle daño. Yo he hecho cuanto he podido». Y la luna le habría dicho más, y quizá lo hizo, pero se convirtió en el resplandor de la luz de luna sobre el agua a gran distancia bajo sus pies, y entonces se dio cuenta de que una pequeña araña se le paseaba por la cara, y de que tenía el cuello dolorido; levantó la mano para apartar con cuidado la araña de su mejilla y notó el sol de la mañana sobre los ojos, y vio que el mundo era dorado y verde.

—Estabas soñando —dijo la voz de una joven, procedente de arriba. La voz era amable y tenía un extraño acento. Pudo oír cómo las hojas susurraban en el haya que se alzaba sobre él.

—Sí —dijo a quien se escondiera en la copa del árbol—, estaba soñando.

—Yo también tuve un sueño anoche —dijo la voz—. En

mi sueño levanté la vista y pude ver todo el bosque, y algo enorme que se movía por él. Se acercó más y más, y yo supe qué era. —La voz se detuvo abruptamente.

—¿Qué era? —preguntó Tristran.

—Todo —dijo ella—. Era Pan. Cuando yo era muy pequeña, alguien, quizá se trataba de una ardilla (hablan tantísimo), o de una garza, o no sé qué, me dijo que Pan era propietario de todo este bosque. Bueno, no exactamente propietario. No como para vender el bosque a otro o para construir un muro a su alrededor.

—O para cortar los árboles —intervino Tristran, con ganas de colaborar.

Hubo un silencio. Se preguntó adónde había ido la chica.

—¿Hola? —dijo—. ¿Hola?

Oyó de nuevo el susurro de las hojas sobre su cabeza.

—No deberías decir cosas así —exclamó la voz.

—Lo siento —dijo Tristran, que no estaba del todo seguro de por qué pedía disculpas—. Pero me decías que Pan es el propietario del bosque...

—Claro que sí —dijo la voz—. No es difícil ser propietario de algo. O de todo. Sólo debes saber que es tuyo, y después estar dispuesto a dejar que marche por sí mismo. Pan es propietario de este bosque, así de sencillo. Y en mi sueño se me acercó. Tú también salías en mi sueño, llevabas a una chica triste atada con una cadena. Era una chica muy, muy triste. Pan me dijo que te ayudara.

—¿A mí?

—Y me hizo sentir cálida y blandita y noté como un cosquilleo por dentro, desde la punta de mis hojas hasta el final de mis raíces. Me desperté y aquí estabas, bien dormido con la cabeza apoyada contra mi tronco, roncando como un lechoncito.

Tristran se rascó la nariz. Dejó de buscar una mujer escondida entre las ramas del haya, y contempló el árbol en sí.

—Eres un árbol —dijo Tristran, dando voz a sus pensamientos.

—No siempre he sido un árbol —oyó entre los susurros de las hojas del haya—. Un mago me convirtió en árbol.

—¿Qué eras antes? —preguntó Tristran.

—¿Crees que le caigo bien?

—¿A quién?

—A Pan. Si tú fueras el señor del Bosque, no encargarías una tarea tan importante como la de dar ayuda y socorro a alguien que no te gustara, ¿verdad?

—Bueno —dijo Tristran, pero antes de que se decidiera por una respuesta diplomática, el árbol empezó a decir:

—Una ninfa. Era una ninfa del bosque. Pero me perseguía un príncipe, no un príncipe galante, sino de los otros, y bueno, ¿no dirías tú que un príncipe, aunque sea de los otros, por fuerza tiene que saber que existen ciertos límites?

—¿Existen?

—Eso es exactamente lo que yo pienso. Pero él no, así que empecé a suplicar mientras corría, y... ¡boom...! Un árbol. ¿Qué te parece?

—Bueno —respondió Tristran—. No sé cómo era usted como ninfa del bosque, señora, pero es usted un árbol magnífico.

El árbol no replicó inmediatamente, pero sus hojas se encogieron con coquetería.

—También era bastante guapa como ninfa —reconoció.

—¿Qué tipo de ayuda y socorro, exactamente? —preguntó Tristran—. No es que me queje. A ver, yo ahora mismo necesito toda la ayuda posible. Pero un árbol no es precisamente el primer lugar donde uno iría a buscarla. No puede venir conmigo, ni darme de comer, ni devolverme la estrella, ni enviarnos de vuelta a Muro a ver a mi amor verdadero. Estoy seguro de que haría un gran trabajo si se tratara de ponerme a cubierto de la lluvia, si estuviera lloviendo, pero en estos momentos no llueve...

El árbol movió las hojas, sin dejarse impresionar.

—¿Por qué no me cuentas tu historia hasta el momento —dijo el árbol—, y dejas que yo juzgue eso?

Tristran podía sentir cómo la estrella se alejaba cada vez más y más de él, a la velocidad de un unicornio al galope, y estuvo a punto de protestar, pues, si de algo no tenía tiempo, era de relatar las aventuras de su vida hasta el momento. Pero se dio cuenta de que todos los progresos que había hecho hasta entonces en su misión los había hecho aceptando la ayuda que le brindaban. Así que se sentó en el suelo del bosque y empezó a contar al haya todo cuando se le ocurrió: su amor puro y verdadero por Victoria Forester; su promesa de traerle una estrella fugaz... no una cualquiera, sino la estrella que habían visto caer, juntos, desde la cima de la colina de Dyties; y su viaje por el País de las Hadas. Habló al árbol de sus andanzas, del hombrecillo peludo y de las pequeñas hadas que robaron a Tristran su bombín; le habló de la vela mágica, de su caminata saltando leguas y leguas hasta llegar junto a la estrella en el claro, y del león y el unicornio, y de cómo había perdido a la estrella.

Terminó su historia y se hizo el silencio. Las hojas color cobre del árbol temblaron ligeramente, como sacudidas por un agradable viento, y después con más fuerza, como si se acercara una tormenta. Entonces las hojas formaron una voz grave y fiera, que dijo:

—Si la hubieras tenido encadenada, y ella se hubiera librado de sus cadenas, ningún poder en el cielo o en la tierra podría hacer que te ayudara, aunque el gran Pan y la dama Sylvia en persona me lo rogaran. Pero la desataste, y por eso te ayudaré.

—Gracias —dijo Tristran.

—Te diré tres cosas verdaderas. Dos te las diré ahora, y

la última cuando más lo necesites. Tú mismo deberás juzgar cuándo llega ese momento.

»Primero, la estrella corre un gran peligro. Lo que ocurre en un bosque pronto es sabido en sus límites, y los árboles hablan con el viento, y el viento remite la información al próximo bosque que encuentra. Hay fuerzas que quieren hacerle daño, y cosas peores que daño. Debes encontrarla y protegerla.

»Segundo, hay un camino que atraviesa el bosque, y un abeto al final; al lado de ese abeto (podría contarte cosas de él que harían sonrojar a una piedra) pasará un carruaje dentro de unos minutos. Si te das prisa, no lo perderás.

»Y tercero, extiende las manos.

Tristran alargó ambas manos. De las alturas, cayó lentamente una hoja del color del cobre, dando vueltas y tumbos en el aire. Aterrizó limpiamente en la palma de su mano derecha.

—Ya está —dijo el árbol—. Guárdala bien. Y escúchala cuando más lo necesites. Ahora, el carruaje está a punto de llegar. ¡Corre! ¡Corre!

Tristran cogió su bolsa y corrió y se metió la hoja en el bolsillo de la túnica. Podía oír el retumbar de unos cascos que se acercaban cada vez más. Sabía que no podría alcanzarlo a tiempo, desesperó de alcanzarlo, pero aun así corrió más deprisa, hasta que no pudo oír otra cosa que el latido de su corazón en el pecho y las orejas y el silbido del aire que absorbían sus pulmones. Atravesó como pudo los matorrales y llegó al camino justo cuando despuntaba el carruaje.

Era una diligencia negra tirada por caballos negros como la noche, conducida por un tipo pálido vestido con una túnica larga y negra. Estaba a veinte pasos de Tristran. Él se mantuvo firme, resollando, e intentó llamar la atención, pero tenía la garganta seca, y no le quedaba aliento, y la voz se le había convertido en un graznido seco y susurrante. Intentó gritar y no hizo más que resollar.

El carruaje pasó por su lado sin detenerse.

Tristran se sentó en el suelo y recuperó el aliento. Entonces, temiendo por la estrella, se levantó y caminó tan rápido como pudo siguiendo el camino del bosque. No llevaba más de diez minutos andando cuando alcanzó al carruaje negro. Una rama enorme, tan grande como algunos de los árboles vecinos, había caído de un roble cerrando el camino, justo delante de los caballos, y el cochero, que también era el único ocupante del vehículo, intentaba apartarla del sendero.

—Qué cosa más extraña —dijo el cochero, que llevaba una larga túnica negra y al que Tristran echó poco menos de cincuenta años—, no ha habido viento, ni tormenta. Sencillamente, ha caído. Los caballos se han asustado mucho. —Tenía una voz profunda y resonante.

Tristran y el cochero ataron los caballos a la rama de roble con unas cuerdas. Entonces los dos hombres empujaron, los caballos tiraron, y todos a la vez arrastraron la rama hasta dejarla a un lado del camino. Tristran dijo silenciosamente «gracias» al roble cuya rama había caído, al haya color de cobre y a Pan de los bosques, y entonces preguntó al cochero si se avenía a llevarle.

—No tomo pasajeros —dijo el conductor, mesándose la barba rala.

—Claro —dijo Tristran—. Pero sin mí usted seguiría aquí encallado. Sin duda la Providencia le ha enviado mi presencia, y también la Providencia me ha enviado la suya. No le pido que se desvíe de su camino, y quizás en algún otro momento le puede convenir tener otro par de manos disponibles.

El cochero contempló a Tristran de la cabeza a los pies. Entonces metió la mano en una bolsa que llevaba colgada del cinturón y extrajo un puñado de tablillas de granito rojo.

—Elige una —le dijo a Tristran.

Tristran eligió una tablilla de piedra y enseñó al hombre el símbolo tallado en ella.

—Mmm —fue todo cuanto dijo el cochero—. Ahora, elige otra. —Tristran lo hizo—. Y otra. —El hombre se frotó de nuevo la barbilla—. Sí, puedes venir conmigo. Las runas lo dicen bien claro. Pero habrá peligro. Quizá también haya más ramas rotas que apartar del camino. Puedes sentarte arriba, si lo deseas, a mi lado, para hacerme compañía.

Era un hecho peculiar, observó Tristran mientras subía al carruaje, pero la primera vez que había echado un vistazo al interior del vehícul le pareció ver a cinco pálidos caballeros, todos vestidos de gris, que le contemplaban tristemente. Sin embargo, en cuanto quiso cerciorarse, no vio absolutamente a nadie.

El carruaje rodó por el camino plagado de hierbas bajo el techo verde y dorado de las hojas de los árboles. Tristran estaba preocupado por la estrella. Quizás era un poco malcarada, pensó, pero tenía bastantes motivos, después de todo. Esperó que no sufriera ningún percance hasta que él la alcanzara.

A veces se decía que la cordillera montañosa gris y negra que cruzaba como una espina de norte a sur por esa zona del País de las Hadas fue una vez un gigante que se hizo tan grande que, un día, agotado por el solo esfuerzo de moverse y de vivir, se echó en la llanura y se sumió en un sueño tan profundo que transcurrían siglos entre latido y latido. Esto habría sido mucho tiempo atrás, si es que llegó a ocurrir, durante la primera edad del mundo, cuando todo era piedra y fuego, agua y aire, y pocos quedan vivos que pudieran desmentirlo, en caso de que no fuese verdad. Pero, cierto o no, todos llamaban a las cuatro grandes montañas de la cordillera Monte Cabeza, Monte Hombro, Monte Barriga y Monte

Rodillas, y las colinas del sur eran conocidas como Los Pies. Había pasos entre las montañas, uno entre la cabeza y los hombros, donde habría estado el cuello, y uno inmediatamente al sur del Monte Barriga.

Eran montañas salvajes, habitadas por criaturas salvajes: *trolls* del color de la pizarra, peludos hombres salvajes, *wodwos* perdidos, cabras montesas y gnomos mineros, eremitas y exiliados, además de alguna ocasional bruja de las cimas. No era una de las cordilleras verdaderamente altas del País de las Hadas —como el Monte Huon, en cuya cima se encuentra Stormhold—, pero era una cordillera difícil de cruzar para los viajeros solitarios.

La bruja reina había cruzado el paso al sur del Monte Barriga en un par de días, y ahora esperaba a la entrada del paso. Sus machos cabríos estaban atados a un arbusto, mordisqueándolo sin entusiasmo. Se sentó sobre uno de los costados del carro y afiló sus cuchillos con una piedra de sílex. Los cuchillos eran muy antiguos: las empuñaduras estaban hechas de hueso y las hojas eran de cristal volcánico tallado, negras como la pez pero con formas blancas como copos de nieve, heladas para siempre en su interior de obsidiana. Había dos cuchillos: el más corto, de hoja amplia, pesada y dura, era para cortar las costillas, para romper y abrir; el otro, con una hoja larga parecida a una daga, era para cortar el corazón. Cuando los cuchillos estuvieron lo suficientemente afilados como para haberlos podido pasar por el cuello de alguien sin que sintiera más que el roce de un levísimo cabello, y después una calidez que se derramaba por el pecho mientras su sangre vital fluía del corte, la bruja reina los guardó y empezó sus preparativos.

Se acercó a los machos cabríos y susurró una palabra mágica a cada uno de ellos. Allí donde habían estado los animales, ahora aparecían un hombre con una perilla blanca y una joven con los ojos apagados. No dijeron nada.

La bruja reina se arrodilló junto a su carro y le susurró diversas palabras. El carro no hizo nada y la mujer dio un puntapié a una roca.

—Me estoy haciendo vieja —dijo a sus dos criados. Éstos no replicaron, ni dieron indicación alguna de haberla entendido—. Las cosas inanimadas siempre han sido más difíciles de cambiar que las animadas. Sus almas son más viejas y estúpidas y difíciles de convencer. Pero si tuviera mi verdadera juventud... En el alba del mundo, yo podía transformar montañas en mares, y nubes en palacios. Podía poblar una ciudad con los granos de arena de la playa. Si volviera a ser joven...

Suspiró y levantó una mano: una llama azul resplandeció un momento entre sus dedos y entonces, cuando bajó la mano y se inclinó para tocar el carro, el fuego desapareció.

Volvió a levantarse. Ahora había mechas grises en su pelo negro como ala de cuervo, y bolsas oscuras bajo sus ojos; pero el carro había desaparecido y se hallaba ante una pequeña posada, al borde del paso montañoso.

En la distancia, se oyó un trueno callado y parpadeó un rayo. El letrero de la posada rechinó sacudido por el viento. Tenía pintado un carro.

—Vosotros dos —dijo la bruja—, adentro. Ella viene hacia aquí, y tendrá que atravesar este paso. Ahora sólo tengo que asegurarme de que entrará aquí dentro. Tú —dijo al hombre de la perilla blanca— eres Billy, el propietario de esta taberna. Yo seré tu mujer, y esto —señaló a la chica de ojos apagados que antes había sido Brevis— es nuestra hija, la camarera.

Otro trueno resonó, procedente de las cimas de las montañas, más fuerte que el anterior.

—Pronto lloverá —anunció la bruja—. Preparemos el fuego.

Υ

Tristran podía sentir la estrella delante de ellos, moviéndose a buen paso. Le pareció que le estaban ganando terreno. Para su alivio, el carruaje negro seguía el mismo camino que el de la estrella. Una vez, cuando el sendero se bifurcó, a Tristran le preocupó que pudieran tomar el desvío equivocado. Estaba dispuesto a abandonar el carruaje y seguir en solitario, si así ocurría.

Su compañero detuvo los caballos, bajó del asiento y sacó sus runas. Después, una vez finalizada la consulta, volvió a subir y condujo el carruaje por el camino de la izquierda.

—Si no resulta impertinente por mi parte —dijo Tristran—, ¿puedo preguntar qué está buscando?

—Mi destino —dijo el hombre, tras una breve pausa—. Mi derecho a gobernar. ¿Y tú?

—Hay una joven a la que he ofendido con mi comportamiento —dijo Tristran—. Quiero arreglarlo. —Y, mientras decía esto, supo que era verdad.

El cochero gruñó.

El follaje del bosque empezaba a clarear rápidamente. Los árboles se hicieron más escasos; Tristran contempló las montañas que tenía ante sí y exclamó:

—¡Qué montañas!

—Cuando seas mayor —dijo su compañero— debes visitar mi ciudadela, en lo alto de los despeñaderos del Monte Huon. ¡Eso sí que es una montaña! Y desde allí podemos bajar la vista y contemplar montañas junto a las cuales éstas —e hizo un gesto despreciativo hacia las alturas del Monte Barriga— no son más que montículos.

—En honor a la verdad —dijo Tristran—, espero pasar el resto de mi vida como pastor y campesino en el pueblo de Muro, porque ya he experimentado tantas emociones como cualquier joven puede llegar a necesitar, entre velas y árboles y la joven dama y el unicornio. Pero acepto la invitación con el mismo espíritu con que la habéis hecho, y os doy las gracias. Si algún día visitáis Muro, debéis venir a mi casa: os ofreceré ropa de lana y queso de oveja, y todo el estofado de cordero que podáis comer.

—Ciertamente, eres muy amable—dijo el cochero. El camino era ahora mejor, hecho de grava apisonada; el hombre hizo restallar el látigo para que los caballos aligeraran el paso—. ¿Dices que has visto un unicornio?

Tristran estuvo a punto de contar a su compañero todo el episodio del unicornio, pero se lo pensó mejor y simplemente dijo:

—Era una bestia de lo más noble.

—Los unicornios son criaturas de la luna —dijo el conductor—. Nunca he visto uno. Pero se dice que sirven a la luna y que cumplen sus órdenes. Llegaremos a las montañas mañana por la noche, pero hoy nos detendremos con la puesta de sol. Si lo deseas, puedes dormir dentro del coche; yo dormiré al lado del fuego.

No le cambió el tono de voz, pero Tristran supo, con una certeza que era a la vez súbita y sorprendente por su intensidad, que el hombre estaba asustado por algo, aterrorizado hasta el fondo del alma.

Esa noche los relámpagos parpadearon entre las cimas de las montañas. Tristran durmió sobre el asiento de cuero del coche con la cabeza apoyada sobre un saco de avena: soñó con fantasmas, con la luna y las estrellas. Empezó a llover al amanecer, abruptamente, como si el cielo se hubiera convertido en agua. Nubes bajas y grises ocultaron las montañas. Bajo la lluvia, Tristran y el cochero engancharon los caballos al carruaje y emprendieron la marcha. Ahora todo era cuesta arriba, y los caballos no iban más que al paso.

—Podrías meterte dentro —le aconsejó el conductor—. No tiene sentido que nos mojemos los dos.

Se habían puesto unas capas impermeables que encontraron bajo el pescante.

—Me costaría mucho mojarme todavía más —dijo Tristran— sin saltar directamente a un río. Me quedaré aquí. Dos pares de ojos y dos pares de manos podrían muy bien salvarnos la vida.

Su compañero gruñó. Se apartó la lluvia de los ojos y de la boca con una mano fría y húmeda, y después dijo:

—Eres un loco, chico. Pero te lo agradezco. —Se pasó las riendas a la mano izquierda y extendió la derecha—. Me conocen como Primus. Lord Primus.

—Tristran. Tristran Thorn —dijo él, sintiendo que el hombre, de alguna manera, se había ganado el derecho a saber su nombre.

Se dieron la mano. La lluvia cayó con más fuerza. Los caballos avanzaron aún más despacio, mientras el camino se convertía en un torrente y la lluvia impedía la visión con tanto ahínco como la niebla más espesa.

—Hay un hombre —dijo lord Primus, gritando para hacerse oír por encima de la lluvia y del viento, que le arrancaba las palabras de los labios—. Es alto y se parece un poco a mí, aunque su aspecto recuerda a un cuervo. Sus ojos parecen inocentes y apagados, pero lleva la muerte en ellos. Se llama Septimus, pues fue el séptimo hijo que engendró nuestro padre. Si alguna vez le ves, corre y escóndete. Me busca a mí, pero no dudará en matarte si te interpones, o quizá te convertirá en su instrumento, para así poder matarme.

Una ráfaga salvaje de viento derramó una jarra entera de agua de lluvia por el cuello de Tristran.

—Parece un hombre peligroso —dijo.

—Es el hombre más peligroso con el que jamás tropezarás.

Tristran se quedó callado bajo la lluvia y la creciente oscuridad. Cada vez era más difícil distinguir el camino. Primus habló de nuevo para decir:

—La verdad, me parece que hay algo contra natura en esta tormenta.

—¿Contra natura?

—O por encima de lo natural; sobrenatural, si lo prefieres. Espero que encontremos una posada por el camino. Los caballos necesitan descansar, y a mí me gustaría disfrutar de una cama seca, un cálido fuego y una buena comida.

Tristran gritó para declarar su conformidad con el plan. Intentó encontrar una posada en su mente y no pudo. Sentados uno al lado del otro, cada vez estaban más empapados. Tristran pensó en la estrella y el unicornio. A estas alturas ella estaría también empapada y aterida. Le preocupaba su pierna rota, y pensó en lo mucho que debía de dolerle la espalda de tanto montar.

Todo era culpa suya. Se sentía abatido.

—Soy la persona más desdichada que ha vivido nunca —le confesó a Primus, cuando se detuvieron para dar de comer avena mojada a los caballos.

—Eres joven y estás enamorado —dijo Primus—. Todo joven en tu posición es el joven más desdichado que ha vivido nunca.

Tristran se preguntó cómo podía haber adivinado lord Primus la existencia de Victoria Forester. Se imaginó a sí mismo relatando a la bella sus aventuras ante un gran fuego, en Muro; pero, fuera como fuese, todos sus relatos sonaban a hueco.

Ese día, el anochecer parecía haber empezado al amanecer y ahora el cielo se oscurecía de nuevo. El camino continuaba subiendo. La lluvia amainaba un poco y luego redoblaba su fragor y caía más duramente que nunca.

—¿Es una luz, eso de ahí? —preguntó Tristran.

—No veo nada. Quizás hayan sido los fuegos fatuos o un

relámpago... —dijo Primus. —Pero al doblar un recodo del camino, añadió—: Me equivoqué. Es una luz. Tienes buenos ojos, jovencito. Pero en estas montañas existen sorpresas desagradables. Esperemos que sea gente amistosa.

Los caballos aligeraron el paso ahora que podían distinguir su destino. Un relámpago iluminó las montañas, que se levantaban a ambos lados del camino.

—¡Tenemos suerte! —gritó Primus, con su voz profunda que parecía un trueno—. ¡Es una posada!

Capítulo 7
Bajo el signo del carro

*L*a estrella estaba empapada hasta la médula, triste y temblorosa, cuando alcanzó el puerto montañoso. Le preocupaba el unicornio: no habían encontrado comida para él durante ese último día de viaje, dado que la hierba y los helechos del bosque habían sido sustituidos por rocas grises y arbustos espinosos. Los cascos sin herrar del unicornio no estaban hechos para los caminos pedregosos, ni para llevar pasajeros, y su paso era cada vez más lento. Mientras viajaban, la estrella maldecía el día en que había caído en este mundo húmedo y desagradable, que le había parecido delicado y acogedor visto desde arriba. Eso era antes. Ahora lo odiaba, y odiaba todo cuanto encontraba en él, excepto al unicornio; y el caso era que, dolorida (por la falta de costumbre y el hecho de montar a pelo) e incómoda, felizmente habría perdido de vista al unicornio durante un tiempo.

Después de un día de lluvia incesante, las luces de la posada resultaron lo más acogedor que había visto hasta entonces durante su estancia en la Tierra. «Cautela, cautela, cautela», repicaban las gotas de lluvia contra las piedras. El unicornio se detuvo a sesenta pasos de la posada y no quiso acercarse más. La puerta estaba abierta, y llenaba el mundo gris de una luz cálida y amarilla.

—Hola, querida —dijo una voz gentil desde el portal.

La estrella acarició el cuello húmedo del unicornio y habló suavemente al animal, que no se movió, firme ante la luz de la posada como un fantasma pálido.

—¿Vas a entrar, querida? ¿O te vas a quedar ahí, bajo la lluvia? —La voz amistosa de la mujer reconfortó a la estrella, la calmó: tenía la medida justa de preocupación y pragmatismo—. Podemos ofrecerte comida, si es comida lo que quieres. Tenemos un fuego encendido en el hogar, y suficiente agua caliente como para llenar una bañera que te quitará el frío de los huesos.

—N-necesitaré ayuda para entrar... —balbuceó la estrella—. Mi pierna...

—Ay, pobrecita —dijo la mujer—. Haré que mi marido, Billy, te lleve dentro. Hay heno y agua fresca en el establo, para tu animal.

El unicornio miró nerviosamente a uno y otro lado cuando la mujer se acercó.

—Vamos, vamos, cariño. No me acercaré demasiado. Al fin y al cabo, hace ya tiempo que no soy lo bastante doncella como para tocar un unicornio, y han pasado muchos años desde que vimos uno por estos lugares, porque aquí no recibimos muchas visitas, ya lo creo que no...

Inquieto, el unicornio siguió a la mujer hacia los establos, manteniéndose a distancia. Se dirigió hacia la cuadra más alejada y se echó sobre la paja seca; la estrella desmontó, empapada y desamparada.

Billy resultó ser un tipo de barba blanca, poco hablador. Llevó a la estrella hasta la posada y la hizo sentar en un taburete de tres patas, ante un crepitante fuego de leña.

—Pobrecita —dijo la mujer del posadero, que les había seguido al interior—. Mírate, más empapada que un hada de las aguas; fíjate qué charco estás dejando, y tu precioso vestido, cómo ha quedado, debes de estar calada hasta la médula...

Hizo salir a su esposo y ayudó a la estrella a quitarse el vestido empapado, que dejó colgado de un gancho junto al fuego, donde cada gota chasqueaba cuando caía sobre los ladrillos calientes del hogar.

Había una bañera de zinc delante del fuego, y la mujer del posadero instaló un biombo de papel alrededor.

—¿Cómo te gusta el baño —preguntó solícita—, caliente, muy caliente o hirviendo?

—No lo sé —dijo la estrella, desnuda con la sola excepción del topacio y la cadena de plata en la cintura; tenía la cabeza hecha un lío después de los extraños acontecimientos que había sufrido—, es que nunca antes me he dado un baño.

—¿Nunca? —La mujer del posadero pareció asombrada—. Vaya, pobrecita; bueno, pues no lo haremos demasiado caliente. Llámame si necesitas otra palangana de agua, tengo algo cociéndose en los fogones; y cuando hayas terminado el baño, te traeré vino caliente y unos nabos dulces asados.

Y antes de que la estrella pudiera reponer que ni comía ni bebía, la mujer ya se había marchado, dejándola en la bañera, con la pierna rota entablillada sobresaliendo del agua y reposando sobre el taburete de tres patas. Al principio el agua estaba demasiado caliente, pero cuando se acostumbró a la temperatura empezó a relajarse y se sintió, por primera vez desde que cayó del cielo, completamente feliz.

—Eso está muy bien —dijo la mujer del posadero al volver—. ¿Cómo te sientes ahora?

—Mucho, mucho mejor, gracias —dijo la estrella.

—¿Y tu corazón? ¿Cómo se siente tu corazón? —preguntó la mujer.

—¿Mi corazón? —Era una pregunta extraña, pero la mujer parecía realmente preocupada—. Se siente más feliz. Más tranquilo. Menos turbado.

—Bien. Eso está bien. Vamos a conseguir que te empiece a arder, ¿eh? Que arda y brille dentro de ti.

—Estoy segura de que a su cuidado mi corazón arderá y brillará de felicidad —dijo la estrella.

La mujer del posadero se inclinó sobre ella y le tocó afectuosamente la barbilla con un dedo.

—Qué delicia, eres un encanto, qué cosas dices. —La mujer sonrió indulgente, y se pasó una mano por los cabellos manchados de gris. Colgó una bata mullida de un extremo del biombo—. Esto es para que te lo pongas al terminar el baño... ah, no, no hay ninguna prisa, pichoncito... Ponte esto, bien calentito y seco; tu bonito vestido todavía estará húmedo un buen rato. Llámame cuando quieras salir de la bañera y vendré a echarte una mano. —Entonces se inclinó y tocó a la estrella justo entre los pechos, con un dedo frío. Y sonrió—. Un corazón bien fuerte —dijo.

Había buena gente en este mundo sombrío, decidió la estrella, reconfortada y satisfecha. Afuera, la lluvia y el viento aullaban sobre el puerto de montaña, pero en la Posada del Carro todo era cálido y confortable.

La mujer del posadero y su inexpresiva hija ayudaron a la estrella a salir de la bañera. El fuego arrancó destellos al topacio montado en plata que la estrella llevaba colgado de una cadena alrededor de la cintura, hasta que el topacio, y el cuerpo de la estrella, desaparecieron bajo la gruesa bata.

—Y ahora, cariño —dijo la mujer del posadero—, ven aquí y ponte bien cómoda.

Ayudó a la estrella a llegar hasta una larga mesa de madera, donde en un extremo reposaban dos cuchillos, uno ancho y otro largo, ambos con empuñadura de hueso y hoja de cristal oscuro. Cojeando y apoyándose sobre la mujer, la estrella llegó hasta la mesa y se sentó en el banco que había junto a ella.

Afuera el viento sopló en terribles ráfagas, y el fuego se encendió con los colores verde y azul y blanco.

—¡Servicio! —atronó una voz ante la posada, por encima del aullido de los elementos—. ¡Comida! ¡Vino! ¡Fuego! ¿Dónde está el mozo?

Billy el posadero y su hija no se movieron, pero miraron a la mujer del vestido rojo. Ella frunció los labios. Y entonces dijo:

—Puede esperar un poco. Después de todo, no vas a ir a ninguna parte, ¿verdad, cariño? —Le dijo a la estrella—. No con la pierna en este estado, y no hasta que amaine la lluvia, ¿verdad?

—Agradezco su hospitalidad más de lo que puedo decir —dijo la estrella con sencillez y sinceridad.

—Claro que sí —repuso la mujer del vestido rojo, y sus dedos inquietos rozaron los cuchillos, impacientes, como si hubiera algo que desease hacer con toda su alma—. Habrá mucho tiempo cuando estos pesados se hayan ido, ¿eh?

La luz de la taberna era la visión más feliz que había tenido Tristran en todo su viaje por el País de las Hadas. Mientras Primus gritaba para reclamar ayuda, Tristran desenganchó los caballos agotados y condujo a cada uno de los animales hacia los establos junto a la posada. Había un caballo blanco dormido en la cuadra más apartada, pero Tristran estaba demasiado ocupado como para detenerse a contemplarlo.

Notaba, en aquel lugar extraño de su interior donde sabía orientarse y sabía a qué distancia estaban cosas que jamás había visto y los lugares donde jamás había estado, que la estrella se hallaba muy cerca, y eso le reconfortaba, y, a la vez, le ponía nervioso. Sabía que los caballos estaban aún más agotados y más hambrientos que él. Su cena —y por lo tanto, sospechaba, su enfrentamiento con la estrella— podía esperar.

—Yo cuidaré de los caballos —dijo a Primus—. Si no, pueden enfriarse.

El hombre alto depositó una enorme mano sobre el hombro de Tristran.

—Eres un buen chico. Te enviaré un camarero con un poco de vino caliente.

Tristran pensó en la estrella mientras cepillaba a los caballos y les limpiaba los cascos. ¿Qué le diría? ¿Qué diría ella? Terminaba con el último de los caballos cuando la inexpresiva camarera se le acercó con una jarra de vino humeante.

—Déjala ahí encima —le dijo—. Me la beberé gustoso en cuanto tenga las manos libres.

La chica dejó la jarra sobre una caja de clavos y se fue sin decir nada. El caballo de la cuadra más apartada se levantó y empezó a dar coces contra su puerta.

—Tranquilo, chico —dijo Tristran—, tranquilízate y veré si puedo encontrar avena y salvado secos para todos vosotros.

Había una gran piedra metida en el casco delantero del corcel negro y Tristran se la quitó con sumo cuidado. «Señora —había decidido que le diría—, por favor, aceptad mis más sentidas y humildes disculpas.» «Señor —diría la estrella a su vez—, lo haré con todo mi corazón. Ahora, vayamos a vuestro pueblo, donde me presentaréis a vuestro amor verdadero, como prueba de vuestra devoción por ella...»

Sus cavilaciones fueron interrumpidas por un enorme estrépito, cuando un gran caballo blanco —aunque, como enseguida descubrió, no era un caballo— derribó la puerta de su cuadra y se abalanzó desesperado contra él, apuntándole con el cuerno. Tristran se lanzó sobre el suelo de paja del establo, protegiéndose la cabeza con los brazos. Pasaron unos momentos. Levantó la vista. El unicornio se había detenido ante la jarra, con el cuerno metido dentro del vino caliente y especiado.

Tristran se levantó torpemente. El vino humeaba y burbujeaba, y entonces le vino a la mente, procedente de algún olvidado cuento de hadas o una leyenda infantil, que el cuerno de un unicornio era capaz de detectar el...

—¿Veneno? —susurró.

El unicornio levantó la cabeza y miró a Tristran a los ojos, y Tristran supo que «decía» la verdad. El corazón le latía desbocado en el pecho. Alrededor de la posada, el viento chillaba como una bruja enloquecida.

Tristran corrió hacia la puerta del establo, allí se detuvo y pensó. Buscó en el bolsillo de su túnica, encontró un pedazo de cera, que era cuanto quedaba de su vela, con una hoja seca del color del cobre pegada a ella. Desprendió la hoja de la cera con mucho cuidado. Entonces se llevó la hoja al oído, y escuchó lo que le dijo.

—¿Vino, señor? —preguntó la mujer de mediana edad con el largo vestido rojo cuando Primus entró en la posada.

—Me temo que no —dijo—. Practico la superstición personal de, hasta el día en que vea el cadáver de mi hermano frío y echado en el suelo ante mí, no beber más que mi propio vino y no comer otra comida que aquella que me haya procurado y preparado yo mismo. Es lo que haré aquí, si no tenéis objeción. Por supuesto, os pagaré como si el vino que beba fuera vuestro. ¿Os puedo pedir que pongáis esta botella junto al fuego para calentarla?

»Por otro lado, tengo un compañero de viaje, un joven que ahora atiende los caballos, que no ha hecho el mismo juramento que yo, y estoy seguro de que si le hacéis llevar una jarra de vino caliente podrá quitarse el frío de los huesos...

La camarera hizo una reverencia y se dirigió hacia la cocina.

—Bien, anfitrión —le dijo Primus al posadero de barba blanca—, ¿cómo son vuestras camas en este rincón del mundo? ¿Tenéis colchones de paja? ¿Hay fuego en los dormitorios? Veo con gran satisfacción que hay una bañera frente al hogar... Si tenéis una olla bien llena de agua humeante, luego tomaré un baño; pero sólo os pagaré una pequeña moneda de plata por ello, tenedlo en cuenta.

El posadero miró a su mujer, que dijo:

—Nuestras camas son buenas y haré que la chica encienda el fuego en la habitación, para vos y vuestro compañero.

Primus se quitó la capa empapada y la colgó junto al fuego, al lado del vestido azul todavía húmedo de la estrella. Entonces se volvió y vio a la joven sentada a la mesa.

—¿Otro huésped? —dijo—. Bien hallados, señora, con este tiempo de perros. —A continuación se escuchó un gran estrépito en los establos—. Algo debe de haber asustado a los animales —dijo Primus, preocupado.

—Quizá los truenos —dijo la mujer del posadero.

—Sí, quizá —murmuró Primus. Otra cosa había llamado su atención. Se dirigió hacia la estrella y la miró fijamente a los ojos durante un largo instante—. Tú... —dudó. Entonces, con certeza, dijo—: Tú tienes la piedra de mi padre. Tú tienes el Poder de Stormhold.

La chica le contempló con unos ojos del azul del firmamento al atardecer.

—Muy bien, pues. Pídemelo y acabemos ya de una vez.

La mujer del posadero corrió hacia ellos, hasta un extremo de la mesa.

—No pienso permitir que molestes a mis huéspedes, pichoncito —le dijo a Primus, con firmeza.

Los ojos de Primus cayeron sobre los cuchillos que había sobre la mesa. Los reconoció: había pergaminos antiquísimos en las cámaras de Stormhold en donde se encontraban dibujados y se daban sus nombres. Eran muy viejos, de la primera edad del mundo.

La puerta principal de la posada se abrió de sopetón.

—¡Primus! —gritó Tristran, que entró corriendo—. ¡Han intentado envenenarme!

Lord Primus buscó su espada corta, pero antes de que pudiera empuñarla la bruja reina cogió el más largo de los cuchillos y deslizó la hoja, con un solo movimiento, limpio y práctico, por su garganta...

Para Tristran, todo ocurrió demasiado rápido. Entró, vio a la estrella y a Primus, y al posadero y su extraña familia, y enseguida la sangre empezó a brotar a borbotones como una fuente escarlata al resplandor del fuego.

—¡A por él! —gritó la mujer del vestido escarlata—. ¡A por el mocoso!

Billy y la camarera corrieron hacia Tristran, y entonces el unicornio entró en la posada.

Tristran se quitó de en medio. El unicornio se alzó sobre las patas traseras y un golpe de sus afilados cascos envió a la camarera contra una pared.

Billy bajó la cabeza y corrió hacia el unicornio, como si quisiera embestirle con la frente. El unicornio también agachó la testuz...

—¡Estúpido! —chilló la mujer del posadero, furiosa, y se lanzó contra el unicornio, con un cuchillo en cada mano, una de ellas manchada de sangre hasta el antebrazo, del mismo color rojo que su vestido.

Tristran se puso a cuatro patas y se arrastró hacia el hogar. En la mano izquierda llevaba el trozo de cera, todo cuanto quedaba de la vela que le había conducido hasta allí. Lo había llevado en la mano hasta que su calor lo había vuelto blando y maleable.

—Más vale que esto funcione —se dijo Tristran.

Esperaba que el árbol supiese de qué estaba hablando.

Tras él, el unicornio gritó de dolor. Tristran arrancó un lazo de su jubón y amontonó la cera alrededor de la tela.

—¿Qué está ocurriendo? —preguntó la estrella.

Se había arrastrado hacia donde estaba Tristran, también a cuatro patas.

—La verdad, no lo sé —reconoció.

La bruja gritó en aquel instante: el unicornio le había atravesado el hombro con su cuerno. El animal la levantó por los aires, triunfal, a punto de estamparla contra el suelo y pisotearla a continuación hasta que acabase con su vida cuando, empalada como estaba, la bruja se dio la vuelta y clavó el más largo de los cuchillos de cristal de roca en el ojo del unicornio, hasta atravesarle el cráneo.

La bestia cayó al suelo de madera de la posada, sangrando de un costado, y del ojo, y por la boca abierta. Primero cayó de rodillas y después se derrumbó completamente, cuando la vida la abandonó. La lengua le asomaba patéticamente entre los dientes.

La bruja reina se desprendió del cuerno, y con una mano cerrada sobre la herida y la otra agarrando el cuchillo restante, se levantó.

Sus ojos examinaron la habitación y localizaron a Tristran y a la estrella, encogidos junto al fuego. Lentamente, casi agónicamente, se arrastró hacia ellos, con el cuchillo en la mano y una sonrisa en el rostro.

—El corazón ardiente y dorado de una estrella en paz es mucho mejor que el palpitante corazón de una pequeña estrella asustada —les dijo, con una voz extrañamente calmada y distante, casi grotesca, procedente de una cara manchada de sangre—. Pero el corazón de una estrella asustada y temblorosa es mucho mejor que no obtener corazón alguno.

Tristran cogió de la mano a la estrella.

—Levanta —le dijo.

—No puedo —le contestó ella simplemente.

—Levanta, o moriremos ahora mismo —repitió, alzándose del suelo. La estrella asintió y, con gran dificultad, apoyando todo su peso sobre él, empezó a ponerse en pie.

—«¿Levanta, o moriremos ahora mismo?» —repitió la bruja reina—. Oh, moriréis ahora mismo, niños, en pie o sentados. A mí me da lo mismo. —Dio otro paso hacia ellos.

—Ahora —dijo Tristran, que con una mano sostenía el brazo de la estrella y en la otra su vela improvisada—, ahora, ¡camina!

Y metió la mano izquierda en el fuego.

Sintió un dolor ardiente, tanto que hubiera podido gritar, y la bruja reina le contempló como si fuera la locura personificada. Entonces el pabilo improvisado prendió, y ardió con una llama azul y firme, y el mundo empezó a desdibujarse a su alrededor.

—Por favor, camina —rogó a la estrella—. No te sueltes.

Y la estrella dio un paso vacilante.

Dejaron atrás la posada, con los gritos de la bruja reina resonando en sus oídos.

Estaban bajo tierra, y la luz de la vela relucía sobre las paredes húmedas de la cueva, y con otro paso vacilante se encontraron en un desierto de arena blanca, y con su tercer paso se hallaron muy por encima de la tierra, contemplando bajo sus pies las colinas y los árboles y los ríos, a gran distancia.

Y entonces el último resto de cera corrió líquido sobre la mano de Tristran, y el dolor se hizo imposible de soportar, y la última llama se extinguió finalmente, para siempre.

Capítulo 8
Donde se habla de castillos en el aire y otras cuestiones

Amanecía en las montañas. Las tormentas de los últimos días habían pasado, y el aire era limpio y frío. Septimus, señor de Stormhold, alto y parecido a un cuervo, subía por el puerto de montaña, mirando a su alrededor como si buscara algo que hubiese perdido. Llevaba de la brida un poni montañés marrón, peludo y pequeño. Se detuvo allí donde el camino se ensanchaba, como si hubiese encontrado lo que buscaba junto al sendero. Era un pequeño carro volcado y desmantelado, que bien podría haber sido llevado por un macho cabrío. Cerca del carro había dos cadáveres. El primero era el de un macho cabrío blanco, con la cabeza manchada de sangre. Septimus movió el cuerpo con el pie, interesado; había recibido una herida profunda y mortal en la frente, equidistante entre sus cuernos. Junto al animal se hallaba el cuerpo de un joven muerto con la cara intacta, como debía ser en vida. No había heridas que mostrasen cómo había muerto, tan sólo un hematoma plomizo en la sien.

A varios pasos de aquellos cuerpos, medio oculto tras una roca, Septimus tropezó con el cadáver de un hombre de mediana edad, boca abajo, vestido con ropas oscuras. La carne del hombre era pálida, y su sangre se había acumulado alrededor en el suelo rocoso. Septimus se arrodilló junto al cuerpo y le levantó la cabeza tirando del pelo: su garganta había sido cortada con maestría, de oreja a oreja. Septimus contempló el cadáver desconcertado. Lo sabía, pero aun así...

Y entonces, con un sonido seco y desagradable, empezó a reír.

—Tu barba —le dijo en voz alta al cadáver—. Te afeitaste la barba. Como si no fuera a reconocerte sin barba, Primus.

Primus, gris y fantasmal junto a sus otros hermanos, dijo:

—Me habrías reconocido, Septimus. Pero quizás hubiese ganado unos instantes durante los cuales yo te habría visto antes de que tú supieses que era yo. —Y su voz muerta no era nada más que la brisa de la mañana sacudiendo los espinos.

Septimus se levantó. El sol empezó a asomar y le bañó de luz.

—Así que yo seré el octogésimo segundo señor de Stormhold —le dijo al cuerpo echado en el suelo y para sí mismo—, además de amo de los Altos Precipicios, senescal de las Ciudades Torre, custodio de la Ciudadela, alto señor guardián del Monte Huon y el resto de posesiones.

—No lo serás sin el Poder de Stormhold colgado del cuello, hermano mío —dijo Quintus, secamente.

—Y después está la cuestión de la venganza —dijo Secundus, con la voz del viento aullando sobre el puerto de montaña—. Antes que nada, debes vengarte del asesino de tu hermano. Es ley de sangre.

Como si les oyera, Septimus sacudió la cabeza.

—¿No podías haber esperado unos cuantos días más, hermano Primus? —preguntó al cadáver a sus pies—. Te habría matado yo mismo. Tenía bien planeada tu muerte. Cuando descubrí que ya no estabas a bordo del *Corazón de un Sueño* me llevó poco tiempo robar un bote y seguir tu rastro. Y ahora debo vengar tus tristes despojos, por el honor de nuestra sangre y de Stormhold.

—Así que Septimus será el octogésimo segundo señor de Stormhold —dijo Tertius.

—Hay un proverbio referido principalmente a la poca sensatez que representa cuantificar los beneficios antes de llevar los huevos al mercado —señaló Quintus.

Septimus se alejó del cuerpo para mear sobre unos cantos rodados y luego regresó donde se hallaba el cadáver de Primus.

—Si te hubiese matado yo, podría dejar que te pudrieras aquí —dijo Septimus—. Pero ya que el placer ha sido de otro, te llevaré conmigo un trecho y te dejaré en lo alto de un despeñadero, para que se te coman las águilas. —Dicho esto, resoplando por el esfuerzo, recogió el cuerpo pegajoso y lo echó sobre la grupa del poni. Desató la bolsa de runas del cinturón del cadáver—. Gracias por esto, hermano —dijo, y dio unas palmadas en la espalda al cadáver.

—Así se te atraganten, si no te vengas de la perra que me cortó el gaznate —dijo Primus, con la voz de los pájaros de montaña que se despiertan y saludan al nuevo día.

Estaban sentados el uno al lado del otro sobre un cúmulo espeso y blanco del tamaño de un pueblecito. La nube era muy blanda y algo fría. Se hacía más fría cuanto más profundamente se hundía uno, y Tristran metió su mano quemada tan hondo como pudo: la textura de la nube se le resistió ligeramente, pero aceptó la intrusión. El interior era esponjoso y helado al tacto, real e insustancial a la vez. La nube calmó un poco el dolor de su mano y eso le permitió pensar más claramente.

—Bueno —dijo, después de un tiempo—, me temo que he vuelto a meter la pata.

La estrella estaba sentada sobre la nube, junto a él, vestida con la bata que le había prestado la mujer de la posada, con la pierna rota apoyada sobre la espesa niebla que tenía enfrente.

—Me salvaste la vida —dijo al fin—. ¿No es verdad?

Sí, supongo que sí.

—Te odio —dijo—. Ya te odiaba por todo, pero ahora te odio más que nunca.

Tristran flexionó su mano quemada en el bendito frío interior de la nube. Se sentía cansado y un poco mareado.

—¿Por alguna razón en particular?

—Porque —dijo ella, con la voz tensa ahora que me has salvado la vida, según la ley de mi pueblo, tú eres responsable de mí y yo de ti. A donde tú vayas, yo también debo ir.

—Oh —dijo él—. Eso no es tan malo, ¿verdad?

—Preferiría pasar mis días encadenada a un vil lobo o a un apestoso cerdo o a un duende de los pantanos —le contestó ella, secamente.

—De verdad, no soy tan malo —le dijo él—, no cuando se llega a conocerme un poco. Mira, lamento haberte encadenado. Quizá podríamos empezar de nuevo, fingir que eso no ha ocurrido nunca. Verás, me llamo Tristran Thorn, encantado de conocerte. —Extendió su mano ilesa hacia ella.

—¡Que la Madre Luna me defienda! —exclamó la estrella—. Antes le daría la mano a un...

—Estoy seguro de ello —dijo Tristran, sin esperar a descubrir con qué iba a compararle desfavorablemente esta vez—. Ya he dicho que lo siento —exclamó—. Empecemos de nuevo. Soy Tristran Thorn. Encantado de conocerte.

Ella suspiró.

El aire era tenue y frío tan por encima del suelo, pero el sol era cálido y las formas de las nubes le recordaban a Tristran una ciudad fantástica o un pueblo no terrenal. Muy, muy abajo, podía ver el mundo real: el sol destacaba cada pequeño árbol, convertía cada río serpenteante en el fino rastro plateado dejado por un caracol, que brillaba ondulante por el paisaje del País de las Hadas.

—¿Y bien? —dijo Tristran.

—Sí —dijo la estrella—. Vaya broma, ¿verdad? A donde tú vayas, yo debo ir, aunque muera en el intento. —Movió con la mano la superficie de la nube, y la niebla formó espirales. Entonces, por un momento, tocó con su mano la de Tristran—. Mis hermanas me llamaban Yvaine —le dijo—. Porque era una estrella vespertina.

—Hay que ver —dijo él—, vaya pareja. Tú con la pierna rota y yo con la mano.

—Enséñame la mano.

Tristran la sacó del fresco interior de la nube: tenía la mano roja, y le estaban saliendo ampollas en la palma y en el dorso, donde las llamas le habían lamido.

—¿Te duele? —preguntó ella.

—Sí —dijo él—. Mucho, la verdad.

—Mejor —dijo Yvaine.

—Si no me hubiese quemado la mano, ahora seguramente estarías muerta —señaló él. Ella tuvo la consideración de bajar la vista, avergonzada—. ¿Sabes qué? —añadió, cambiando de tema—, me dejé la bolsa en la posada de esa loca. Ahora no tenemos nada, excepto la ropa con la que andamos.

—Con la que nos sentamos —dijo la estrella.

—No tenemos agua, ni comida, estamos más o menos a media milla por encima del mundo, sin manera posible de bajar, y sin ningún control sobre la dirección que lleva la nube. Y los dos estamos heridos. ¿Me he dejado algo?

—Has olvidado que las nubes se disuelven y desaparecen en la nada —dijo Yvaine—. Lo hacen. Yo lo he visto. No podría sobrevivir a otra caída.

Tristran se encogió de hombros.

—Bueno —dijo—. Seguramente estamos condenados. Pero no cuesta nada echar un vistazo, ya que estamos aquí arriba.

Ayudó a Yvaine a levantarse, con dificultad, y ambos dieron unos cuantos pasos vacilantes por la nube. Entonces Yvaine volvió a sentarse.

—Esto es inútil —le dijo—. Ve tú a echar un vistazo. Te esperaré aquí.

—¿Me lo prometes? —preguntó él—. ¿No huirás, esta vez?

—Lo juro. Por mi madre la luna, lo juro —respondió Yvaine con tristeza—. Me has salvado la vida.

Y con eso tuvo que contentarse Tristran.

Su pelo era prácticamente gris y su piel ya no era tersa, tenía arrugas en la garganta, en los ojos y en las comisuras de la boca. Su cara no tenía color, aunque su vestido era una vívida y sangrienta mancha escarlata, estaba desgarrado de un hombro, y bajo el desgarro podía verse, arrugada y obscena, una profunda cicatriz. El viento azotaba sus cabellos contra su cara mientras conducía un carruaje negro a través de los Yermos. Los caballos tropezaban a menudo: el sudor manaba de los flancos de los animales y una espuma sanguinolenta goteaba de sus labios. Aun así, sus cascos martilleaban el camino embarrado que atravesaba los Yermos, donde nada crece.

La bruja reina, la más vieja de las Lilim, detuvo los caballos junto a un pináculo de roca de color verde gris, que sobresalía del terreno pantanoso de los Yermos como una aguja. Entonces, tan lentamente como podía esperarse de una dama que ya había pasado su primera, e incluso su segunda juventud, bajó del asiento del cochero y pisó la tierra húmeda. Dio la vuelta al carruaje y abrió la puerta. La cabeza del unicornio muerto, con su daga aún clavada en la órbita fría, se movió como un péndulo. La bruja subió al vehículo y abrió la boca del unicornio. El rígor mortis empezaba a imponerse y la mandíbula se abrió con dificultad. La bruja se mordió fuertemente la lengua, lo bastante fuerte como para que el dolor supiera a metal en su boca, mordió hasta que pudo saborear la sangre. Dejó que se mezclara con su saliva (se dio cuenta de que varios de sus dientes empezaban a notarse flojos) y después escupió sobre la lengua descolorida del unicornio muerto. La sangre manchó sus labios y su barbilla. Gruñó diversas sílabas que no reproduciremos aquí y volvió a cerrar la boca del animal.

—Sal del carruaje —le dijo a la bestia muerta.

Rígidamente, con torpeza, el unicornio levantó la testuz. Entonces movió las patas, como un potro o un cervatillo acabado de nacer que aprendiese a caminar, se irguió sobre las cuatro patas, tembloroso, y salió del carruaje, medio bajando y medio cayendo sobre el fango, donde se puso otra vez en pie. Su costado izquierdo, sobre el cual había estado echado en el carruaje, estaba hinchado y oscuro por la sangre y los fluidos. Casi ciego, el unicornio muerto se tambaleó hasta la base de la aguja verde de roca, hasta que llegó a una depresión entre las piedras, donde dobló las patas delanteras y se arrodilló en una horrible parodia de plegaria.

La bruja reina alargó la mano y sacó el cuchillo del ojo de la bestia. Le cortó la garganta. La sangre empezó, demasiado lentamente, a brotar del tajo que había practicado. Volvió al carruaje y regresó con el cuchillo más ancho. Empezó a seccionar el cuello del unicornio, hasta separarlo del cuerpo, y la cabeza cortada cayó en el hoyo de roca, donde ahora se había formado una charca carmesí de sangre espesa. La bruja levantó la cabeza del unicornio cogiéndola por el cuerno y la colocó junto al cuerpo, sobre la roca. Entonces contempló con sus ojos grises y duros el charco rojo que había formado.

Dos caras la observaban desde el interior de la charca: dos mujeres, mucho más viejas en apariencia que ella.

—¿Dónde está? —preguntó la primera cara, malhumorada—. ¿Qué has hecho con ella?

—¡Mírate! —exclamó la segunda de las Lilim—. Tomaste la última juventud que habíamos guardado... yo misma la arranqué del pecho de la estrella, hace mucho, mucho tiempo, aunque gritaba y se retorcía y no callaba nunca. Por tu aspecto, ya debes de haber malgastado la mayor parte de esa juventud.

—He estado muy cerca —dijo la bruja a sus hermanas en la charca—. Pero tenía un unicornio que la protegía. Ahora he cortado la cabeza del unicornio, y la llevaré conmigo, porque hace mucho que no usamos cuerno fresco molido de unicornio en nuestras artes.

—Maldito sea el cuerno del unicornio —dijo su hermana menor—. ¿Y la estrella?

—No la encuentro. Es como si ya no estuviera en el País de las Hadas.

Hubo una pausa.

—No —dijo una de las hermanas—. Sigue en el País de las Hadas. Pero va al mercado de Muro, y eso está demasiado cerca del mundo al otro lado. En cuanto pise ese mundo, la habremos perdido.

Ellas sabían que, si la estrella cruzaba el muro y entraba en el mundo de las cosas como son, se convertiría instantáneamente en nada más que un pedazo irregular de roca metálica que cayó, una vez, de los cielos: frío, muerto y sin utilidad alguna.

—Entonces iré a la zanja de Diggory y esperaré allí, porque todos los que se dirigen a Muro deben pasar por la zanja de Diggory.

El reflejo de las dos ancianas le lanzó una mirada desaprobadora desde la charca. La bruja reina repasó sus dientes con la lengua («este de arriba se me caerá antes del anochecer —pensó—, en vista de cómo se mueve») y entonces escupió en la charca sangrienta.

Las ondas se extendieron por ella y borraron todo rastro

de las Lilim; ahora la charca sólo reflejaba el cielo sobre los Yermos y las delgadas nubes blancas que corrían sobre ellos.

Dio una patada al cadáver sin cabeza del unicornio para que cayese de costado; recogió la cabeza y la subió al asiento del cochero. La colocó a su lado, tomó las riendas e hizo que los caballos empezaran a trotar cansinamente.

Tristran se sentó en la cumbre de la nube, que parecía una torre, y se preguntó por qué ninguno de los héroes de los folletines que antes leía tan ávidamente nunca tenía hambre. Su estómago retumbaba y la mano le dolía mucho. «Las aventuras están muy bien en el lugar que les corresponde —pensó—, pero mucho puede decirse a favor de comer regularmente y no sufrir dolor.» Pero estaba vivo, y el viento le mesaba los cabellos, y la nube cruzaba los cielos como un galeón a toda vela, y al contemplar el mundo desde ahí arriba supo que no podía recordar haberse sentido nunca tan vivo como se sentía en esos momentos. El cielo tenía una cualidad tan celestial y el mundo parecía tan de ahora mismo, que jamás había visto, o no se había fijado, en nada igual. Comprendió que estaba, en realidad, por encima de sus problemas, igual que estaba por encima del mundo. El dolor de su mano se hallaba muy lejos. Pensó en sus acciones y sus aventuras, y en el viaje que le aguardaba, y de pronto le pareció que todas aquellas cosas eran de hecho muy pequeñas y muy sencillas. Se levantó sobre la nube y gritó «¡Holaaaa!» varias veces, tan fuerte como pudo. Incluso sacudió su túnica por encima de la cabeza, sintiéndose un poco insensato al hacerlo. Después bajó de la torre de nube y a unos doce palmos de la base dio un paso en falso y cayó sobre la neblinosa suavidad de la superficie de algodón.

—¿Por qué gritabas? —preguntó Yvaine.

—Para que la gente sepa que estamos aquí —le dijo Tristran.

—¡¿Qué gente?!

—Nunca se sabe —le respondió—. Más vale gritar a gente que no esté ahí, que permitir que si hay alguien se nos pase por alto por no haber gritado.

Ella no replicó a este argumento.

—He estado pensando —dijo él—. Y he pensado esto: después de hacer lo que yo necesito, volver contigo a Muro y entregarte a Victoria Forester... quizá podríamos hacer lo que tú necesitas.

—¿Lo que yo necesito?

—Bueno, debes de querer volver, ¿verdad? Al cielo. A brillar otra vez de noche. Seguro que podemos solucionarlo.

Ella levantó la vista para mirarle y sacudió la cabeza.

—Eso no puede ser —explicó—. Las estrellas caen. No vuelven a subir.

—Podrías ser la primera —le dijo él—. Debes creer en ello. Si no, no ocurrirá nunca.

—Es que no ocurrirá nunca —dijo ella—. Y tus gritos tampoco atraerán la atención de nadie aquí arriba, porque no hay nadie. No importa si yo creo en ello o no. Las cosas son así. ¿Cómo tienes la mano?

Él se encogió de hombros.

—Me duele —dijo—. ¿Cómo tienes la pierna?

—Me duele —dijo ella—. Pero no tanto como antes.

—¡Eeeeh! —gritó una voz bastante por encima de ellos—. ¡Eeeh, los de abajo! ¿Alguien necesita ayuda?

Bajo un resplandor dorado a la luz del sol había un pequeño barco, con las velas hinchadas, y un rostro bermellón adornado con un mostacho les contemplaba asomado a la borda.

—¿Eras tú, joven amigo mío, el que saltaba y brincaba hace un momento?

—Lo soy —admitió Tristran—. Y creo que necesitamos ayuda, sí.

—Muy bien —dijo el hombre—. Prepárate para agarrar la escala, entonces.

—Me temo que mi amiga tiene una pierna rota —gritó—, y yo tengo una mano herida. Creo que ninguno de los dos podrá subir por una escala.

—Ningún problema. Os podemos subir.

El hombre lanzó por la borda del barco una larga escala de cuerda. Tristran la agarró con la mano buena, y la sostuvo mientras Yvaine se aferraba a ella; el hombre hizo lo mismo. Su cara desapareció tras la borda del barco mientras Tristran e Yvaine colgaban incómodamente del extremo de la escala de cuerda. El viento hinchó las velas del barco celestial, la escala se separó de la nube y Tristran e Yvaine empezaron a dar vueltas, lentamente, en el aire.

—¡Ahora, tirad! —gritaron diversas voces al unísono, y Tristran notó cómo subían varios metros—. ¡Tirad! ¡Tirad! ¡Tirad! —A cada grito subían un poco más alto.

Ya no tenían debajo de ellos la nube sobre la que habían estado sentados; ahora tenían una caída de lo que Tristran suponía que debía ser casi media legua. Se sujetó fuertemente a la cuerda, enganchándose a la escala con el brazo de su mano quemada. Otro tirón hacia arriba e Yvaine quedó al nivel de las amuras del barco. Alguien la levantó con cuidado y la dejó sobre cubierta. Tristran superó la parte de la amura por sí solo, y cayó sobre la cubierta de roble.

El hombre del rostro bermellón alargó una mano.

—Bienvenidos a bordo —dijo—. Éste es el navío franco *Perdita*, en misión de caza de relámpagos. Capitán Johannes Alberic, a vuestro servicio. —Tosió atronadoramente. Y entonces, antes de que Tristran pudiese replicar, el capitán vio su mano izquierda y gritó—: ¡Meggot! ¡Meggot! Maldición, ¿dónde estás? ¡Ven aquí! Pasajeros necesitados de atención. Venga, chico, Meggot cuidará de esa mano. Comemos a las seis campanadas. Te sentarás a mi mesa.

Enseguida una mujer de apariencia nerviosa con una explosiva cabellera color zanahoria —Meggot— le escoltó bajo cubierta y le aplicó un ungüento espeso y verde en la mano, que se la refrescó y le calmó el dolor. Y entonces lo llevó hacia el comedor, una pequeña sala junto a la cocina (Tristran estuvo encantado de descubrir que la tripulación la llamaba «el fogón», igual que en las historias marítimas que había leído). Tristran comió, ciertamente, en la mesa del capitán, aunque de hecho no había ninguna otra mesa en el comedor. Además del capitán y de Meggot, la tripulación constaba de otros cinco miembros, un grupo dispar que parecía conformarse con dejar que el capitán Alberic hablase por todos, cosa que hizo, con su jarra de cerveza en una mano y la otra ocupada alternativamente en sostener su pipa y en llevar comida a su boca. La comida era un espeso guiso de vegetales, alubias y cebada, que llenó a Tristran y le dejó satisfecho. Para beber, tenían el agua más clara y fría que Tristran había bebido nunca.

El capitán no les hizo preguntas sobre cómo habían acabado colgados de una nube, y ellos no dieron ninguna explicación. Tristran compartió camarote con Rareza, el primer oficial, un caballero callado de largas patillas que tartamudeaba terriblemente, mientras que Yvaine ocupó el camastro del camarote de Meggot, que durmió en una hamaca.

Durante el resto de su viaje por el País de las Hadas, Tristran recordaría a menudo el tiempo que había pasado a bordo del *Perdita* como uno de los períodos más felices de su vida. Le dejaron ayudar con las velas, e incluso le dejaron tomar el timón, de vez en cuando. A veces el barco navegaba sobre oscuras nubes de tormenta, grandes como montañas, y entonces pescaban rayos con un pequeño cofre de cobre. La lluvia y el viento azotaban la cubierta del barco, y

Tristran reía encantado, mientras la lluvia le mojaba la cara, y se agarraba con la mano buena a la cuerda que hacía las veces de barandilla, para que la tormenta no le echara por la borda.

Meggot, que era un poco más alta y un poco más delgada que Yvaine, le dejó varios vestidos que la estrella vistió con alivio, encantada de poder llevar uno distinto cada día. A menudo se encaramaba al mascarón de proa, a pesar de su pierna rota, y allí sentada contemplaba la tierra bajo sus pies.

—¿Cómo va esa mano? —preguntó el capitán.

—Mucho mejor, gracias —dijo Tristran.

Tenía la piel brillante y muy tensa, y sentía poco el tacto en los dedos, pero la salvia de Meggot le había aliviado casi todo el dolor y había acelerado inmensamente el proceso de curación. Estaba sentado en cubierta, con las piernas colgando por la borda, mirando afuera.

—Echaremos el ancla dentro de una semana, para reponer provisiones y recoger un pequeño cargamento —dijo el capitán—. Lo mejor sería que os dejáramos allí.

—Oh. Gracias —dijo Tristran.

—Estaréis más cerca de Muro. Pero aún os quedarán diez semanas de viaje. Quizá más. Meggot dice que la pierna de tu amiga está casi curada, así que pronto podrá soportar su peso.

Se sentaron el uno junto al otro. El capitán fumaba su pipa: su ropa estaba cubierta de una fina capa de cenizas, y cuando no fumaba mascaba el tallo, excavaba la cazoleta con un afilado instrumento de metal o la llenaba de tabaco nuevo.

—¿Sabes? —dijo el capitán, contemplando el horizonte—, no fue del todo casualidad que os encontrásemos. Bueno, fue casualidad, pero también es cierto que teníamos medio ojo avizor, por si os divisábamos. Yo, y unos cuantos más por estos lugares.

—¿Por qué? —preguntó Tristran—. ¿Cómo sabía usted de mí?

Como respuesta, el capitán trazó una silueta en la condensación de vaho acumulada sobre la madera pulida.

—Parece un castillo —dijo Tristran.

El capitán le guiñó un ojo.

—No es algo que deba decirse demasiado alto —aclaró—, incluso aquí arriba. Piensa en él como en una cofradía.

Tristran observó al capitán.

—¿Conoce a un hombrecillo peludo, con un sombrero y un enorme paquete lleno de mercancías?

El capitán golpeó la pipa contra el costado del barco. Un movimiento de su mano ya había borrado el dibujo del castillo.

—Sí. No es el único miembro de la cofradía interesado en que regreses a Muro. Lo que me recuerda que deberías decir a la jovencita que si quiere pasar por lo que no es, debería dar la impresión de que come alguna cosa, lo que sea, de vez en cuando.

—Yo nunca mencioné Muro en su presencia —aseguró Tristran—. Cuando preguntó de dónde venía, dije «de detrás», y cuando preguntó adónde íbamos, dije «hacia delante».

—Eso es, chico —dijo el capitán—. Exactamente.

Pasó otra semana. Al quinto día Meggot anunció que Yvaine ya podía quitarse el entablillado. Deshizo los vendajes improvisados y las tablas, e Yvaine practicó recorriendo la cubierta de proa a popa, agarrándose a la balaustrada. Pronto se movía por todo el barco sin dificultad, aunque con una ligerísima cojera. El sexto día se presentó una fuerte tormenta, y atraparon seis magníficos relámpagos en su caja de cobre. El séptimo día llegaron a puerto. Tristran e

Yvaine se despidieron del capitán y la tripulación del barco flotante *Perdita*. Meggot entregó a Tristran un pequeño tarro de salvia verde, para su mano y para la pierna de Yvaine.

El capitán dio a Tristran una bandolera de cuero llena de carne curada y fruta seca, unas porciones de tabaco, un cuchillo y un yesquero («Oh, no te preocupes, chico. Tenemos que repostar provisiones igualmente»), y Meggot regaló a Yvaine un vestido azul de seda, con pequeñas estrellas y lunas bordadas («Porque te queda mucho mejor a ti que a mí, querida»).

El barco amarró junto a una docena de naves celestiales similares en la copa de un enorme árbol, que era lo bastante grande como para que se hubiesen podido construir centenares de habitáculos en su tronco, ocupados por todo tipo de gente y de enanos, por gnomos, silenos y otras razas aún más extrañas. Unos peldaños daban la vuelta al tronco, y Tristran y la estrella los descendieron lentamente. Tristran se sintió aliviado cuando volvió a pisar tierra firme, pero aun así, de una manera que nunca habría podido describir con palabras, también se sintió decepcionado, como si, cuando sus pies volvieron a tocar tierra, hubiese perdido algo realmente extraordinario.

Tuvieron que caminar tres días antes de que el árbol puerto desapareciese de su vista tras el horizonte.

Viajaban hacia el oeste, en dirección al ocaso, por un camino ancho y polvoriento. Dormían junto a los setos. Tristran comía frutas y nueces de los arbustos y los árboles, y bebía de los arroyos claros. Encontraron a poca gente por el camino. Cuando podían, se detenían en pequeñas granjas, donde Tristran trabajaba toda la tarde a cambio de comida y un poco de paja en el granero para dormir. A veces se detenían en los pueblos y ciudades que encontraban por el camino para lavarse y comer —en el caso de la estrella, fingir que comía— y alojarse en alguna posada (cuando se lo podían permitir).

En el pueblo de Simcock Sotomonte, Tristran e Yvaine tuvieron un encuentro con un grupo de duendes de leva que podría haber terminado desgraciadamente, con Tristran pasando el resto de sus días luchando en las interminables guerras en tierra de duendes, de no haber sido por la mente ágil y la lengua afilada de Yvaine. En el bosque de Berinhed, Tristran se enfrentó con éxito a una de las grandes águilas leonadas, que se los hubiera llevado a ambos hasta su nido, para alimentar a sus crías, y que nada temía, salvo el fuego. En una taberna de Fulkeston, Tristran ganó gran renombre recitando de memoria «Kubla Khan» de Coleridge, el salmo veintitrés, el fragmento de la «cualidad de la misericordia» de *El mercader de Venecia*, y un poema que trataba de un chico que permaneció solo sobre la cubierta en llamas cuando todos habían huido. Todo esto se había visto obligado a memorizar en la escuela, y bendijo a la señorita Cherry por sus esfuerzos para hacerle aprender aquellos versos, hasta que resultó evidente que el pueblo de Fulkeston había decidido que se quedara con ellos para siempre y se convirtiese en el nuevo bardo de la localidad; y Tristran e Yvaine se vieron obligados a huir en plena noche, y sólo lograron escapar porque Yvaine persuadió (a través de qué medios es algo que Tristran nunca acabó de entender) a los perros del pueblo para que no ladraran durante su huida.

El sol quemó la piel de Tristran hasta que adquirió un color casi castaño y deslució sus ropas hasta que adoptaron la tonalidad del óxido y el polvo. Yvaine siguió tan pálida como la luna, y no cesó de cojear durante las muchas leguas que recorrieron.

Una noche, acampados en la linde de un bosque profundo, Tristran escuchó algo que nunca había oído: una preciosa melodía, plañidera y extraña. Llenó su cabeza de visiones, y su corazón de asombro y delicia. La música le hizo pensar en espacios sin límite, en enormes esferas cristalinas que giraban con una lentitud inenarrable a través de los vastos pasadizos del aire. La melodía le transportó, le llevó más allá de sí mismo.

Después de lo que pudieron ser largas horas, o tan sólo unos minutos, la canción terminó, y Tristran suspiró.

—Ha sido maravilloso —dijo.

Los labios de la estrella se movieron, involuntariamente, hasta formar una sonrisa, y sus ojos brillaron.

—Gracias —dijo ella—. Supongo que hasta ahora no he tenido ganas de cantar.

—Nunca había oído nada igual.

—Algunas noches —le dijo ella— mis hermanas y yo cantábamos juntas. Cantábamos canciones como ésta, todas sobre nuestra madre, la dama, y sobre la naturaleza del tiempo, y sobre la alegría de brillar y la soledad.

—Lo siento.

—No lo sientas. Al menos sigo viva. Tuve suerte de caer en el País de las Hadas. Y creo que seguramente tuve suerte de conocerte.

—Gracias.

—De nada —contestó la estrella. Entonces, a su vez, ella suspiró y contempló el cielo por entre las ramas de los árboles.

Tristran buscaba algo para desayunar. Había encontrado algunas setas, como la que llaman pedo de lobo, y un ciruelo cubierto de ciruelas púrpura que habían madurado y se habían secado casi hasta convertirse en pasas, cuando vio el pájaro entre los matojos. No intentó atraparlo (se había llevado una gran sorpresa unas semanas antes, cuando después de estar a punto de atrapar una gran liebre gris para la cena, el animal se detuvo al borde del bosque, lo miró con desdén y dijo: «Bueno, espero que estés orgulloso de ti mismo, nada más», y enseguida se escurrió por entre la hierba alta), pero quedó fascinado por el ave. Era un pájaro notable, tan grande como un faisán, pero con plumas de todos los colores: rojos, amarillos chillones y azules vivos. Parecía salido de los trópicos, totalmente fuera de lugar en aquel bosque verde poblado de helechos. El pájaro se asustó cuando Tristran se acercó a él; dio unos saltos extraños a medida que se fue acercando y soltó unos gritos agudos de desesperación.

Tristran se arrodilló junto a él, murmurando palabras de consuelo. Alargó la mano hacia el pájaro. La dificultad era obvia: una cadena de plata atada a la pata del pájaro se había enredado con una raíz que sobresalía, y el ave había quedado allí atrapada, incapaz de moverse.

Con sumo cuidado, Tristran deshizo el nudo de la cadena de plata y la soltó de la raíz, mientras acariciaba el plumaje encrespado del pájaro con la mano izquierda.

—Ya está —dijo al ave—. Vete a casa. —Pero el pájaro no hizo movimiento alguno para alejarse. Al contrario, le miró a la cara, con la cabeza inclinada hacia un lado—. Mira —dijo Tristran, que se sentía bastante incómodo e inquieto—, seguramente alguien estará preocupado por ti.

Alargó la mano para recoger al animal. Entonces algo le golpeó y le dejó aturdido: aunque había estado inmóvil, sintió como si se hubiese golpeado en plena carrera contra una pared invisible. Se tambaleó, y a punto estuvo de caer.

—¡Ladrón! —gritó una voz vieja y bronca—. ¡Convertiré tus huesos en hielo y te asaré ante un buen fuego! ¡Te arrancaré los ojos y ataré uno a un arenque y otro a una gaviota, para que la visión simultánea del cielo y el mar te conduzca a la locura! ¡Convertiré tu lengua en un gusano retorcido y tus dedos se transformarán en navajas, y unas hormigas ardientes te escocerán bajo la piel, y siempre que intentes rascarte...!

—No hace falta que elabore más la cuestión —le soltó Tristran a la anciana—. Yo no le he robado su pájaro. Tenía la cadena enredada en una raíz, y acabo de liberarlo.

La mujer lo contempló desconfiadamente bajo su cabellera de color gris del hierro. Entonces se adelantó con ligereza y recogió al pájaro. Lo levantó, y le susurró algo, y el ave replicó con un extraño y musical grito. Los ojos de la anciana se encogieron.

—Bueno, quizá lo que dices no sea del todo una sarta de mentiras —reconoció, de muy mala gana.

—No es ninguna sarta de mentiras —dijo Tristran, pero la anciana y su pájaro ya habían recorrido la mitad del claro, así que él recogió sus setas y sus ciruelas, y regresó donde había dejado a Yvaine.

Estaba sentada junto al camino, dándose un masaje en los pies. La cadera le hacía daño, y también la pierna, y sus pies cada vez estaban más sensibles. Algunas noches, Tristran oía cómo sollozaba calladamente. Esperaba que la luna les enviase otro unicornio, pero sabía que no lo haría.

—Vaya —dijo Tristran a Yvaine—, qué cosa más rara.

Le contó los acontecimientos de la mañana, y pensó que allí terminaría el asunto.

Se equivocaba, claro está. Varias horas después, Tristran y la estrella caminaban por el sendero del bosque cuando les adelantó una caravana pintada alegremente, tirada por un par de mulas grises y conducida por la anciana que le había amenazado con convertir sus huesos en hielo. Frenó las mulas y señaló a Tristran con un dedo torcido y seco.

—Ven aquí, chico —dijo.

Él se acercó con cautela.

—¿Sí, señora?

—Parece que te debo disculpas —dijo—. Parece que dijiste la verdad. Me precipité en mis conclusiones.

—Sí —afirmó Tristran.

—Deja que te mire —dijo la anciana, que bajó al camino. Su frío dedo tocó el hoyuelo de la barbilla de Tristran y le obligó a levantar la cabeza. Los ojos color avellana del joven contemplaron los ojos verdes y viejos de la anciana—. Pareces bastante honesto —continuó—. Puedes llamarme madame Semele. Me dirijo hacia Muro, para el mercado. Se me ha ocurrido que me convendría un muchacho para trabajar en mi pequeño tenderete de flores... vendo flores de cristal, ¿sabes?, las cosas más bonitas que habrás visto en tu vida. Serías un buen vendedor, y podríamos ponerte un guante en esa mano, para que no asustaras a los clientes. ¿Qué me dices?

Tristran meditó, y dijo:

—Disculpe. —Y fue a discutir con Yvaine.

Juntos, volvieron ante la anciana.

—Buenas tardes —dijo la estrella—. Hemos discutido su oferta, y hemos pensado que...

—¿Y bien? —preguntó madame Semele, con los ojos fijos sobre Tristran—. ¡No te quedes ahí plantado como un pasmarote! ¡Habla! ¡Habla! ¡Habla!

—No tengo ningún deseo de trabajar para usted en el mercado —dijo Tristran—, porque tendré que ocuparme de mis propios asuntos, una vez allí. Sin embargo, si pudiéramos viajar con usted, mi compañera y yo estamos dispuestos a pagar por nuestro pasaje.

Madame Semele sacudió la cabeza.

—Eso no me sirve de nada. Puedo recoger yo misma la leña, y sólo representarías más peso del que tirar para *Descreída* y *Desesperanzada*. No llevo pasajeros.

Volvió a subir al asiento del conductor.

—Pero... —dijo Tristran—. Pienso pagarle.

La vieja rio, burlona.

—No hay nada que tú puedas poseer que yo aceptase como pago. Si no quieres trabajar para mí en el mercado de Muro, ya puedes desaparecer.

Tristran se llevó la mano al ojal de su jubón y allí la notó, tan fría y perfecta como había sido durante todos sus viajes. Se la arrancó y la mostró a la anciana, sujeta entre índice y pulgar.

—Usted vende flores de cristal, según dice. ¿Acaso le interesaría ésta?

Era una campanilla de cristal verde y blanco, inteligentemente moldeada; parecía haber sido arrancada de entre la hierba del prado aquella misma mañana, con el rocío adornándola aún. La mujer la examinó durante un latido de su corazón, observó las hojas verdes y los apretados pétalos blancos, y entonces soltó un chillido: hubiese podido ser el grito angustiado de un ave de presa desolada.

—¿De dónde has sacado eso? —gritó—. ¡Dámelo! ¡Dámelo inmediatamente!

Tristran cerró los dedos sobre la campanilla ocultándola a la vista y retrocedió un par de pasos.

—Mmm —dijo en voz alta—. Ahora que lo pienso, siento un gran afecto por esta flor, que fue un regalo de mi padre cuando empecé mis viajes, y sospecho que encierra una tremenda importancia personal y familiar. Sin duda me ha traído suerte, de uno u otro modo. Quizá lo mejor sería que me quedara con la flor. Mi compañera y yo podemos continuar a pie hasta Muro.

Madame Semele parecía desgarrada por el deseo vacilante de amenazar y engatusar, y ambas emociones se perseguían la una a la otra tan claramente sobre su rostro que la anciana casi parecía vibrar por el esfuerzo que representaba frenarlas. Entonces logró recuperarse y dijo con una voz que el autocontrol hizo terriblemente ronca:

—Vamos, vamos. No hace falta precipitarse. Estoy segura de que podremos acordar un trato.

—Oh —dijo Tristran—. Lo dudo. Tendría que ser un trato excelente para poder interesarme, y necesitaría ciertas ga-

rantías de seguridad y de salvaguarda para tener la certeza
de que vuestro comportamiento y vuestras acciones respecto a mi compañera y a mí serán en todo momento benefi-
ciosas y estarán libres de malas intenciones.

—Enséñame de nuevo la campanilla.

El pájaro de colores brillantes, con una cadena de plata
atada a una pata, salió revoloteando por la puerta abierta de
la caravana y contempló las negociaciones que tenían lugar
bajo él.

—Pobre animal —dijo Yvaine—, encadenado de esa manera. ¿Por qué no lo deja libre?

La anciana no respondió, y Tristran pensó que prefería
ignorar a Yvaine. La vieja dijo:

—Te llevaré hasta Muro, y juro por mi honor y por mi
verdadero nombre que no haré movimiento alguno para da-
ñarte durante el viaje.

—Y no permitirá, por inacción o por acción indirecta,
que suframos daño alguno ni mi compañera ni yo.

—Será como dices.

Tristran meditó durante un momento. No se fiaba en absoluto de la anciana.

—También deseo que jure que llegaremos a Muro de la
misma manera y en la misma condición y estado en el que
nos encontramos ahora, y que nos alojará y alimentará durante el viaje.

La vieja rio, y después asintió. Bajó de la caravana una
vez más, carraspeó y escupió sobre el polvo. Señaló el sali-
vazo.

—Ahora tú —dijo. Tristran escupió al lado. Con el pie, la
vieja mezcló ambas manchas húmedas—. Ya está. Un trato
es un trato. Dame la flor.

La codicia y el ansia eran tan evidentes en su rostro que
Tristran quedó convencido de que hubiese podido fijar unas
condiciones mucho mejores, pero entregó a la anciana la flor

de su padre. Cuando finalmente la tuvo entre los dedos, su cara arrugada se iluminó con una sonrisa desdentada.

—Vaya, diría yo que ésta es superior a la que aquella maldita niña regaló hará casi veinte años. Y, ahora, jovencito —dijo contemplando a Tristran con sus ojos viejos y astutos—, ¿sabes qué has estado llevando en el ojal todo este tiempo?

—Es una flor. Una flor de cristal.

La anciana rio tan fuerte y tan súbitamente que Tristran pensó que se estaba ahogando.

—Es un amuleto helado —dijo—. Un objeto de poder. Algo como esto puede realizar maravillas y milagros en las manos adecuadas. Mira.

Levantó la campanilla sobre su cabeza y después la hizo descender lentamente hasta rozar la frente de Tristran. Durante un latido de su corazón se sintió de lo más peculiar, como si melaza negra y espesa le corriese por las venas en vez de sangre; entonces la forma del mundo cambió. Todo se hizo enorme y descomunal. La mismísima anciana parecía ahora una giganta y la visión de Tristran era desdibujada y confusa. Dos enormes manos descendieron y le recogieron delicadamente.

—No es una caravana demasiado grande —dijo madame Semele, con una voz grave, lenta, líquida y atronadora—. Seguiré al pie de la letra mi juramento, y no sufrirás daño alguno, y tendrás comida y alojamiento durante tu viaje hasta Muro.

Metió el lirón en el bolsillo de su delantal y subió a la caravana.

—¿Y qué pretende hacer conmigo? —preguntó Yvaine, pero no se sintió demasiado sorprendida cuando la mujer no le respondió.

Siguió a la anciana al oscuro interior de la caravana. Sólo constaba de una habitación: a lo largo de una pared había una gran vitrina de cuero y pino, con más de cien compartimentos, y dentro de uno de éstos, en un lecho de leves vilanos, la anciana depositó la campanilla; en la pared opuesta había una pequeña cama, con una ventana encima y un gran armario. Madame Semele se inclinó y sacó una jaula de madera del estrecho espacio que había bajo su cama, tomó al somnoliento lirón de su bolsillo y lo metió dentro de la caja. Entonces tomó un puñado de nueces, bayas y semillas de un cuenco de madera y lo echó dentro de la jaula, que colgó de una cadena justo en medio de la caravana.

—Eso es —dijo—. Alojamiento y comida.

Yvaine contempló todo esto con curiosidad desde la cama de la anciana, donde se había sentado.

—¿Sería correcto afirmar —preguntó con educación—, basándome en la evidencia a mi alcance (es decir, que no me ha mirado en ningún momento, o que si lo ha hecho sus ojos me han pasado por alto, que no me ha dirigido ni una sola palabra, y que ha convertido a mi compañero en un pequeño animal sin hacer lo mismo conmigo) que usted no puede verme ni oírme?

La bruja no replicó. Se encaramó en el asiento del conductor y tomó las riendas. El pájaro exótico saltó a su lado y pio una vez, con curiosidad.

—Claro que he cumplido mi palabra... al pie de la letra —dijo la anciana, como si respondiese al pájaro—. Será transformado de nuevo en el prado del mercado, así que recuperará su propia forma antes de llegar a Muro. Y en cuanto lo haya transformado a él, volveré a hacerte humana a ti, porque todavía no he podido encontrar mejor sirviente que tú, tonta descocada. No podía permitir de ninguna manera tenerlo todo el día aquí metido, hurgando, espiando y haciendo preguntas, y encima hubiese tenido que alimentarlo con algo más que nueces y semillas. —Se abrazó fuertemente y se columpió sobre el asiento—. Oh, tendrá que madrugar mucho quien quiera dármela con queso. Y sinceramente creo que la flor de ese lerdo es mejor incluso que la que me perdiste hace tantos años.

Chasqueó la lengua, sacudió las riendas y las dos mulas empezaron a traquetear por el sendero del bosque. Mientras la bruja conducía la caravana, Yvaine descansó sobre la cama mohosa. El vehículo avanzaba a trompicones a través del bosque. Cuando se detenía, Yvaine se levantaba. Mientras la bruja dormía, Yvaine se sentaba en el techo de la caravana y contemplaba las estrellas. A veces el pájaro de la bruja se sentaba junto a ella, y entonces lo acariciaba y le murmuraba cosas, porque agradecía que alguien al menos reconociese su existencia. Pero cuando la bruja andaba por allí, el pájaro la ignoraba completamente.

Yvaine también cuidaba del lirón, que pasaba la mayor parte del tiempo profundamente dormido, acurrucado con la cabeza entre las patas. Cuando la bruja salía a recoger leña o a buscar agua, Yvaine abría la jaula, lo acariciaba y hablaba con él, y en diversas ocasiones le cantó, aunque no hubiese podido decir si quedaba algo de Tristran en el lirón, que la contemplaba con unos ojos plácidos y dormidos, como gotitas de tinta negra, y tenía el pelo más suave que el plumón de ganso.

La cadera no le dolía ahora que ya no tenía que caminar todo el día, y los pies no le hacían tanto daño. Cojearía siempre, eso lo sabía, porque Tristran no era ningún especialista, por lo menos en lo que a arreglar huesos rotos se refiere, aunque lo había hecho lo mejor que había sabido y la misma Meggot lo había reconocido.

Cuando tropezaban con otras personas —hecho que sucedió pocas veces— la estrella se esforzaba por ocultarse. De todas maneras, pronto descubrió que, aunque alguien le hablase delante de la bruja —o, como hizo una vez un leñador, aunque alguien la señalase y preguntase a madame Semele por ella—, la anciana no parecía capaz de percibir la presencia de Yvaine, ni siquiera de oír nada que hiciese referencia a su existencia.

Y las semanas pasaron, a un ritmo traqueteante y destartalado, en la caravana de la bruja, para la bruja, y el pájaro, y el lirón, y la estrella caída.

Capítulo 9
Donde se narran principalmente los sucesos acaecidos en la zanja de Diggory

*L*a zanja de Diggory era un corte profundo entre dos lomas de yeso, dos colinas altas de yeso cubiertas por una fina capa de hierba verde y tierra rojiza, donde a duras penas había suelo suficiente para que creciesen los árboles. La zanja parecía, vista a lo lejos, una cuchillada blanca de tiza en una mesa de terciopelo verde. La leyenda local dice que la zanja fue excavada en un día y una noche por un tal Diggory, con una pala que había sido la hoja de una espada antes de que el herrero Wayland la fundiese y la forjase en su viaje por el País de las Hadas desde Muro. Había quienes decían que la espada había sido *Flamberge*, y otros que había sido la espada *Balmung*; pero nadie afirmaba saber quién había sido Diggory, y toda la historia podría ser perfectamente un montón de patrañas. De todas maneras, el camino hacia Muro atravesaba la zanja de Diggory, y cualquier caminante o persona que utilizase cualquier tipo de vehículo rodante pasaba por la zanja, donde el yeso se alzaba a ambos lados del camino como unas paredes gruesas y blancas, y las lomas se alzaban sobre ellas como los almohadones verdes de la cama de un gigante.

En medio de la zanja, junto al camino, se encontraba lo que a primera vista parecía poco más que un montón de ramas y troncos. Una inspección más detallada habría revelado que era algo con una naturaleza a medio camino entre una cabaña pequeña y una gran tienda de madera, con un agujero en el techo a través del cual, ocasionalmente, podía verse subir un hilo de humo gris.

El hombre de negro había observado el montón de ramas y troncos tan atentamente como había podido durante dos días, desde la cima de las lomas. La choza estaba habitada por una mujer de edad avanzada. No tenía acompañante alguno, ni ocupación aparente, excepto la de detener a todos los viajantes solitarios y todos los vehículos que pasaban por la zanja y matar el rato. Parecía bastante inofensiva, pero Septimus no había llegado a único miembro masculino superviviente de su familia inmediata por confiar en las apariencias, y aquella mujer, estaba seguro de ello, era quien había rebanado el pescuezo a Primus.

La ley de la venganza exigía una vida por una vida; no especificaba de qué manera debía tomarse dicha vida. Por temperamento, Septimus era un envenenador nato. Las dagas, los golpes y las trampas estaban bien a su manera, pero un frasco de líquido claro, sin rastro alguno de sabor u olor una vez mezclado con la comida, era la afición de Septimus. Por desgracia, la anciana no parecía comer nada que no recogiese o cazase en persona, y en cuanto Septimus sopesó la posibilidad de dejar una tarta humeante ante la puerta de la choza, hecha de manzanas maduras y letales bayas de perdición, la desechó por poco práctica. También sopesó la posibilidad de precipitar una roca de yeso desde las colinas hasta la cabaña; pero no podía estar seguro de acertar. Deseó ser un poco más mago... Poseía cierta habilidad ubicua que se manifestaba, irregularmente, en su linaje, y algunos trucos menores que había aprendido o robado con los años; nada que le pudiese resultar ahora de utilidad, pues lo que le convendría era el poder de invocar inundaciones o huracanes o rayos demoledores. Por tanto, Septimus observaba a su futura víctima de la misma manera que un gato observa la guarida de un ratón, hora tras hora, de noche y de día.

Pasada la medianoche, sin luna y en medio de una gran oscuridad, Septimus se acercó finalmente con sigilo a la puerta de la choza, con un tarro de fuego en una mano, un libro de poesía y un nido de mirlos en el que había colocado varias piñas, en la otra. Colgado del cinturón llevaba un garrote de roble, con la cabeza erizada de clavos. Escuchó un instante ante la puerta, y no pudo oír nada más que una respiración rítmica y, esporádicamente, algún leve ronquido. Sus ojos estaban acostumbrados a la oscuridad, y la choza destacaba contra el yeso blanco de la zanja; se dirigió a un lado de la cabaña, sin perder de vista la puerta. Primero arrancó las páginas del libro de poemas, y arrugó cada una de ellas en una bola de papel, que introdujo entre las ramas de la choza a ras de suelo. Encima de los poemas puso las piñas. Luego abrió el tarro de fuego, y con el cuchillo sacó un puñado de trapos encerados de lino de la tapa, los impregnó con el carbón del tarro y, cuando empezaron a arder bien, los colocó en el suelo, junto a las bolas de papel y las piñas, y sopló con cuidado para que la pira prendiera bien. Fue añadiendo ramitas del nido del pájaro a la pequeña hoguera, que crepitaba en la noche y empezaba a crecer y expandirse. Los palos secos de la pared humeaban en abundancia, y Septimus tuvo que reprimir la tos. Después ardieron y Septimus sonrió.

Septimus regresó ante la puerta de la cabaña y alzó su garrote. «Porque —había razonado—, o la vieja arderá junto con su choza, y en tal caso mi tarea habrá terminado; o bien olerá el humo y se despertará, asustada y distraída, y saldrá corriendo de la cabaña, momento en el cual le golpearé en la cabeza con mi garrote, y se la hundiré antes de que pueda decir una palabra. Estará muerta, y yo me habré vengado.»

—Es un buen plan —dijo su hermano muerto, Tertius, con el crujido de la madera seca—. Y en cuanto la hayas matado, podrás ir a obtener el Poder de Stormhold.

—Ya veremos —dijo Primus, y su voz era el gemido de un distante pájaro nocturno.

Las llamas lamían la pequeña cabaña de madera, y crecieron y florecieron a sus lados con una brillante llama amarilla y naranja. Nadie salió por la puerta de la choza. Pronto toda la estructura fue un infierno, y Septimus se vio obligado a retroceder varios pasos por la intensidad del calor. Sonrió amplia y triunfalmente y bajó el garrote. Entonces sintió un dolor agudo en el talón. Se dio la vuelta y vio una pequeña serpiente de ojos resplandecientes, carmesí por el resplandor del fuego, con los colmillos hundidos profundamente en su bota de piel. Intentó golpearla con su garrote, pero la criatura se desprendió de su talón y se ocultó, a gran velocidad, tras una de las rocas blancas de yeso. El dolor de su talón empezó a disminuir. «Si su mordedura tenía veneno —pensó Septimus—, el cuero habrá absorbido gran parte de él. Me haré un torniquete por debajo de la rodilla y después me quitaré la bota, haré una incisión en forma de cruz allí donde me ha mordido y chuparé el veneno.» Con esta intención, se sentó sobre una roca de yeso a la luz del fuego, y tiró de su bota. No podía quitársela. El pie empezaba a quedársele dormido, y se dio cuenta de que ya se le debía de haber hinchado.

«Cortaré la bota, pues», pensó. Levantó el pie hasta la altura del muslo; por un momento pensó que el mundo se había oscurecido, y entonces vio que las llamas que habían iluminado la zanja como una gran hoguera se habían apagado. Sintió que se le helaban los huesos.

—Bueno —dijo una voz detrás de él, tan suave como el cordón de seda de un estrangulador, tan dulce como un caramelo envenenado—, has querido calentarte a las llamas de mi pequeña choza. ¿Esperabas a la puerta para apagar las llamas a golpes si resultaba que no eran de mi agrado?

Septimus le habría respondido, pero tenía los músculos de

la mandíbula rígidos y los dientes fuertemente apretados. El corazón le martilleaba dentro del pecho como un pequeño tambor, no con su marcha serena habitual, sino con un salvaje y arrítmico abandono. Podía sentir cada vena y arteria de su cuerpo transportando fuego a través de todo su ser, a menos que fuera hielo lo que bombeaban; no hubiese sabido decirlo.

Una anciana apareció ante su vista. Se parecía a la mujer que había habitado la choza de madera, pero era más vieja, mucho más vieja. Septimus intentó parpadear, para despejar sus ojos llenos de lágrimas, pero había olvidado cómo se parpadeaba, y sus ojos no querían cerrarse.

—Deberías avergonzarte —dijo la mujer—. Someter a la acción del fuego y la violencia a una pobre dama que vive sola, que estaría completamente a merced de cualquier vagabundo que pasara por aquí, de no ser por la amabilidad de sus pequeños amigos.

Y recogió algo del suelo blanco, se lo puso en la muñeca y volvió a entrar en la choza... milagrosamente intacta, o restaurada. Septimus no sabía cuál de las dos cosas había pasado, y no le importaba. Su corazón temblaba y se sincopaba en su pecho, y si hubiese podido gritar, lo habría hecho. Llegó el alba antes de que el dolor terminase, y las seis voces de sus hermanos mayores dieron la bienvenida a Septimus entre sus filas.

Septimus contempló por última vez la retorcida y aún cálida figura que había habitado, y la expresión de sus ojos. Entonces se dio la vuelta.

—No quedan hermanos para vengarse de ella —dijo, con voz de zarapito—, y ninguno de nosotros será jamás señor de Stormhold. Vayámonos.

Y después de haber dicho esto, ya no quedaron siquiera fantasmas en ese lugar.

Υ

El sol estaba bien alto en el cielo ese día cuando la caravana de madame Semele apareció en la cuchillada de yeso que era la zanja de Diggory. Madame Semele vio la choza de madera ennegrecida por el humo junto al camino y, cuando se acercó un poco más, vio también a la encorvada anciana del gastado vestido escarlata que le hacía señales al borde del sendero. El pelo de la mujer era blanco como la nieve, su piel arrugada, y tenía un ojo ciego.

—Buenos días, hermana. ¿Qué le ha pasado a tu cabaña? —preguntó madame Semele.

—Los jóvenes de hoy en día. Uno de ellos pensó que sería divertido pegar fuego a la casa de una pobre anciana que nunca ha hecho daño a un alma. Bueno, ése ya aprendió su lección.

—Sí —dijo madame Semele—. Siempre la aprenden. Y nunca nos agradecen haberla aprendido.

—Eso sí que es verdad —añadió la mujer del gastado vestido escarlata—. Ahora dime, querida: ¿quién viaja contigo en este día?

—Eso —dijo madame Semele, altivamente— no es asunto tuyo, y te agradeceré que no te metas donde no te importa.

—¿Quién viaja contigo? Dime la verdad o enviaré a las arpías para que te descuarticen miembro a miembro y cuelguen tus restos de un garfio en las profundidades, debajo del mundo.

—¿Y quién eres tú, para amenazarme de tal modo?

La anciana contempló a madame Semele con un ojo bueno y un ojo lechoso.

—Te conozco, Sal Sosa. Nada de impertinencias. ¿Quién viaja contigo?

Madame Semele notó cómo le arrancaban las palabras de la boca, quisiera decirlas o no.

—Están las dos mulas que tiran de mi caravana, yo misma, una criada que mantengo con forma de pájaro y un joven con forma de lirón.

—¿Alguien más? ¿Algo más?

—Nadie ni nada. Lo juro por la hermandad.

La mujer al borde del camino arrugó los labios.

—Entonces vete ya, y que sea con viento fresco —dijo.

Madame Semele chasqueó la lengua, sacudió las riendas y las mulas empezaron a avanzar de nuevo. En su cama prestada en el interior oscuro de la caravana, la estrella seguía durmiendo, sin saber cuán cerca había estado de su perdición, ni por cuán escaso margen había logrado escapar.

Cuando perdieron de vista la choza de ramas y troncos, y la mortal blancura de la zanja de Diggory, el pájaro exótico aleteó hasta el techo de la caravana, echó atrás la cabeza y chilló, graznó y cantó hasta que madame Semele le dijo que le retorcería su insensato cuello si no callaba. E incluso entonces, en la silente oscuridad del interior de la caravana, el hermoso pájaro cloqueó y pio y trinó, y una vez hasta silbó como un búho.

El sol estaba bajo en el cielo del oeste cuando se aproximaron al pueblo de Muro. Su luz les daba en los ojos, medio cegándoles y tiñendo su mundo de azafrán. El cielo, los árboles, los arbustos, incluso el mismísimo camino era dorado a la luz del sol de poniente.

Madame Semele hizo frenar sus mulas en el prado, allí donde iba a instalar su tenderete. Desenganchó a los dos animales y los llevó hasta el arroyo, donde los ató a un árbol. Ambos bebieron larga y ansiosamente. Había otros mercaderes y visitantes que montaban sus tenderetes por todo el prado, levantando tiendas y colgando telas de los árboles. Un aire de expectación afectaba a todos y a todo, igual que la dorada luz del sol occidental.

Madame Semele entró en la caravana y descolgó la jaula de su cadena. La llevó al prado y la colocó encima de un montículo cubierto de hierba. Abrió la puerta de la jaula y sacó al lirón dormido con sus dedos huesudos.

—Venga, afuera —dijo.

El lirón se frotó sus húmedos ojos negros con las patas delanteras y parpadeó ante la decreciente luz del día.

La bruja buscó en su delantal y sacó un narciso de cristal. Con él tocó la cabeza de Tristran. El chico parpadeó, medio dormido, y entonces bostezó. Pasó una mano por su alborotado cabello castaño y contempló a la bruja con furia.

—Vieja bruja malvada... —empezó.

—Cierra tu tonta boca —dijo madame Semele, secamente—. Te he traído hasta aquí, sano y salvo, en las mismas condiciones en las que te encontré. Te procuré alojamiento y comida... y si ninguna de las dos cosas fue de tu agrado, bueno, ¿a mí qué me cuentas? Ahora lárgate, antes de que te convierta en un gusano retorcido y te arranque la cabeza de un mordisco, si es que no te arranco la cola. ¡Vete! ¡Largo! ¡Largo!

Tristran contó hasta diez, y entonces, con poca gracia, se alejó. Se detuvo unos diez metros más abajo, junto a un matorral, y esperó a la estrella, que bajó cojeando los peldaños de la caravana y se acercó a él.

—¿Estás bien? —preguntó Tristran, preocupado de verdad.

—Sí, gracias —dijo la estrella—. No me maltrató en absoluto. De hecho, creo que nunca se dio cuenta de que yo estaba ahí. ¿No es extraño?

Madame Semele tenía ahora el pájaro frente a ella. Tocó su cabeza emplumada con la flor de cristal, el ave se alargó, se metamorfoseó y se convirtió en una joven, en apariencia no mucho mayor que Tristran, con el pelo oscuro y rizado, y unas orejas peludas como las de un gato. Miró a Tristran de reojo, y hubo algo en aquellos ojos violeta que Tristran encontró terriblemente familiar, aunque no podía recordar dónde los había visto antes.

—Así que ésta es la verdadera forma del pájaro —dijo Yvaine—. Fue una buena compañera durante el viaje.

Y entonces la estrella se dio cuenta de que la cadena de plata que llevaba el pájaro continuaba atada ahora a la mujer, porque brillaba roja y dorada en su tobillo y su muñeca, circunstancia que señaló a Tristran.

—Sí —dijo Tristran—. Ya lo veo. Es horrible. Pero no estoy seguro de que podamos hacer gran cosa al respecto.

Caminaron juntos por el prado, hacia la abertura del muro.

—Primero visitaremos a mis padres —comentó Tristran—, porque sin duda me han echado tanto de menos como yo a ellos... —aunque, la verdad sea dicha, Tristran a duras penas había pensado ni una sola vez en sus padres durante sus viajes— ... y entonces visitaremos a Victoria Forester, y...

Y fue en ese «y» cuando Tristran cerró la boca, porque ya no podía reconciliar su antigua idea de entregar la estrella a Victoria Forester sabiendo ahora que la estrella no era una cosa que pudiese pasar de mano en mano, sino una auténtica persona, en todos los aspectos, propiedad de sí misma, y en absoluto un objeto inanimado, si bien Victoria Forester continuaba siendo la chica que amaba.

Bueno, al fin y al cabo, ya quemaría las naves cuando llegase el momento, decidió. Por lo pronto llevaría a Yvaine al pueblo y se enfrentaría a los acontecimientos a medida que se le fueran presentando. Sintió que el ánimo le mejoraba, y el tiempo que había pasado como lirón ya no era nada más que los restos de un sueño, como si tan sólo hubiese hecho una pequeña siesta ante el fuego de la cocina y ahora volviese a estar bien despierto. Casi podía saborear el recuerdo de la mejor cerveza del señor Bromios, aunque se dio cuenta, con un sobresalto culpable, de que había olvidado el color de los ojos de Victoria Forester.

El sol era enorme y rojo tras los tejados de Muro cuando Tristran e Yvaine cruzaron el prado y contemplaron la abertura de la pared. La estrella vaciló.

—¿De veras quieres hacer esto? —preguntó a Tristran—. Porque yo tengo mis dudas.

—No estés nerviosa —dijo él—. Aunque no es sorprendente que pases un poco de nervios: yo tengo el estómago como si me hubiese tragado un centenar de mariposas. Te sentirás mucho mejor cuando estés sentada en la salita de mi madre, bebiendo té... bueno, bebiendo no, pero al menos habrá té para que puedas sorberlo... Repámpanos, juraría que para recibir a una invitada como tú, y para dar la bienvenida a su hijo, mi madre sacará sin duda su mejor juego de porcelana... —Su mano buscó la de ella y la apretó tranquilizadoramente.

Ella le miró y sonrió amable y tristemente.

—Allí donde tú vayas... —susurró.

Cogidos de la mano, el joven y la estrella caída se dirigieron hacia la abertura del muro.

Capítulo 10
Stardust (Polvo de estrellas)

*A*lguna vez se ha comentado que es tan fácil pasar por alto algo grande y obvio como pasar por alto algo pequeño e insignificante, y que las cosas grandes que uno pasa por alto a menudo pueden causar problemas.

Tristran Thorn se dirigió hacia la abertura del muro, desde el lado del País de las Hadas, por segunda vez desde su concepción, dieciocho años atrás, con la estrella cojeando a su lado. Tenía la cabeza alborotada por los olores y los sonidos de su pueblo natal, y su corazón se le llenaba de gozo. Saludó educadamente con la cabeza a los guardas, a medida que se iba acercando, y los reconoció a ambos: el joven que cambiaba constantemente el peso de su cuerpo de una pierna a otra, mientras sorbía de una jarra lo que Tristran supuso era la mejor cerveza del señor Bromios, respondía al nombre de Wystan Pippin, y había sido compañero de clase de Tristran, aunque nunca amigo suyo; y el hombre mayor que chupaba irritado una pipa, al parecer apagada, no era otro que el antiguo jefe de Tristran en Monday & Brown, Jerome Ambrose Brown. Daban la espalda a Tristran e Yvaine, y miraban decididamente hacia el pueblo, como si resultara pecaminoso observar los preparativos que tenían lugar en el prado a sus espaldas.

—Buenas tardes —dijo Tristran, educadamente—, Wystan. Señor Brown.

Los dos hombres se sobresaltaron. Wystan se manchó la

chaqueta de cerveza. El señor Brown levantó su vara y apuntó inquieto el extremo al pecho de Tristran. Wystan Pippin dejó su jarra, recogió su vara y bloqueó la abertura con ella.

—¡Quédate donde estás! —dijo el señor Brown, gesticulando con la vara, como si Tristran fuese un animal salvaje que pudiese saltarle encima en cualquier momento.

Tristran rio.

—¿No me conoce? —preguntó—. Soy yo, Tristran Thorn.

Pero el señor Brown, que era el más veterano de los guardas, no bajó su vara. Miró a Tristran de pies a cabeza, desde sus gastadas botas marrones hasta su cabellera mal cuidada. Entonces contempló la cara quemada por el sol de Tristran y resopló, nada impresionado.

—Aunque fueses aquel inútil total de Thorn —dijo—, no veo ninguna razón para dejaros pasar. Somos los guardas de la muralla, al fin y al cabo.

Tristran parpadeó.

—Yo también he custodiado el muro —señaló—. Y no hay ninguna regla que prohíba dejar pasar a la gente proveniente de esta dirección. Sólo a la que viene del pueblo.

El señor Brown asintió, lentamente. Entonces dijo como quien habla con un idiota:

—Y entonces, si es que eres Tristran Thorn, hipotéticamente hablando, puesto que no te pareces en nada a él, y tampoco hablas en absoluto como él, dime, en todos los años que has vivido aquí, ¿cuánta gente ha traspasado el muro procedente del prado?

—Vaya, nadie que yo sepa —respondió Tristran.

El señor Brown sonrió con la misma sonrisa que lucía cuando le descontaba del sueldo a Tristran los cinco minutos que llegaba tarde.

—Exacto —dijo—. No hay reglas en contra de ello porque es algo que jamás ocurre. Nadie viene desde las Tierras de Más Allá. En cualquier caso, no mientras yo esté de guardia. Ahora lárgate, antes de que te dé con la vara en la cabeza.

Tristran quedó desconcertado.

—Si cree que he pasado por... bueno, por todo lo que he pasado, sólo para que al final me nieguen el paso un tendero presumido y tacaño y alguien que me copiaba los exámenes de historia... —empezó a decir.

Pero Yvaine le tocó el brazo y dijo:

—Tristran, déjalo, al menos de momento. No te pelees con tu propia gente.

Tristran no dijo nada. Entonces se dio la vuelta, sin una palabra, y los dos volvieron a cruzar el prado. A su alrededor un barullo de gente y criaturas levantaban sus tenderetes, colgaban sus estandartes y empujaban sus carretillas. Y a Tristran se le ocurrió, inundado por algo que se parecía a la nostalgia, pero una nostalgia hecha a partes iguales de anhelo y desesperación, que aquélla bien podría ser su propia gente, pues sentía que tenía más cosas en común con ellos que con los pálidos habitantes de Muro, con sus chaquetas de lana y sus botas claveteadas.

Se detuvieron y contemplaron cómo una mujer menuda, casi tan ancha como alta, se esforzaba en levantar su tenderete. Sin que nadie se lo pidiera, Tristran se le acercó y empezó a ayudarla, acarreando las pesadas cajas desde su carro hasta la mesa, subiendo a una escalera para colgar una serie de guirnaldas de la rama de un árbol, descargando pesadas jarras y botellas de vidrio (todas ellas tapadas con enormes y ennegrecidos corchos y selladas con cera plateada, y llenas de humo de colores que se retorcía lentamente) y colocándolas en los estantes. Mientras él y la buhonera trabajaban, Yvaine se sentó en un tocón cercano y les cantó con su voz suave y limpia las canciones de las altas estrellas, y las canciones más ordinarias que había aprendido de la gente que habían conocido durante sus viajes.

Cuando Tristran y la mujer menuda acabaron, y el tenderete quedó a punto para el día siguiente, ya habían tenido que encender las lámparas. La mujer insistió en darles de comer: Yvaine a duras penas logró convencerla de que no tenía hambre, pero Tristran devoró con entusiasmo todo cuanto le ofrecieron y, cosa poco corriente en él, se bebió la mayor parte de una botella de vino dulce de Canarias, insistiendo en que no sabía a nada más fuerte que zumo de uva acabado de exprimir, y que no le producía efecto alguno. Aun así, cuando la menuda mujer les ofreció con entusiasmo el claro que había tras su carro para dormir, Tristran quedó ebriamente inconsciente en pocos instantes.

Era una noche clara y fría. La estrella se sentó junto al joven dormido, que había sido su captor y se había convertido en su compañero de viaje, y se preguntó qué había pasado con el odio que sentía. No tenía sueño.

Oyó un crujido entre la hierba a sus espaldas. Una mujer de pelo negro apareció tras él y juntas contemplaron a Tristran.

—Todavía tiene algo de lirón —dijo la mujer de pelo negro. Sus orejas terminaban en punta y eran similares a las de un gato, y en apariencia no era mucho mayor que Tristran—. A veces me pregunto si transforma a la gente en animales, o si encuentra la bestia en nuestro interior y la libera. Quizás haya alguna cosa en mí que es, por naturaleza, un pájaro de colores brillantes. Lo he pensado mucho, pero no he llegado a ninguna conclusión.

Tristran murmuró algo ininteligible y se retorció en sueños. Entonces empezó, delicadamente, a roncar. La mujer dio la vuelta a su alrededor y se sentó junto a Tristran.

—Parece tener buen corazón —dijo.

—Sí —reconoció la estrella—. Supongo que sí.

—Debo advertirte —continuó la mujer—, que si dejas estas tierras por... las de más abajo... —y señaló hacia el pueblo de Muro con un brazo delgado, del cual colgaba por la muñeca una cadena de plata reluciente— entonces serás, según tengo entendido, transformada en lo que serías en ese mundo: una cosa fría, muerta, caída del cielo.

La estrella tembló, pero no dijo nada. En vez de eso, alargó la mano por encima de la figura dormida de Tristran para tocar la cadena de plata que ataba la muñeca y el tobillo de la mujer y que se prolongaba por entre los arbustos y más allá.

—Te acostumbras, con el tiempo —dijo la mujer.

—¿Sí? ¿De veras?

Unos ojos violeta contemplaron a unos ojos azules y después se apartaron.

—No.

La estrella soltó la cadena.

—Una vez me atrapó con una cadena muy parecida a la tuya. Después me liberó y yo huí de él. Pero me encontró y me ligó con una obligación, que ata a los de mi raza mucho más fuertemente que cadena alguna.

Una brisa de abril recorrió el prado, sacudiendo los arbustos y los árboles con un largo y helado suspiro. La mujer de orejas de gato se apartó los rizos del rostro.

—También te ata una obligación anterior, ¿verdad? Tienes algo que no te pertenece, y debes devolverlo a su legítimo propietario.

Los labios de la estrella se tensaron.

—¿Quién eres? —preguntó.

—Ya te lo he dicho. Yo era el pájaro de la caravana —respondió la mujer—. Sé lo que eres, y sé por qué la bruja nunca advirtió tu presencia. Sé quién te busca y por qué te necesita. También conozco la procedencia del topacio que llevas atado a la cintura con una cadena de plata. Conozco todo esto, y sé la clase de ser que eres, y la obligación a la que estás sometida.

Se inclinó y, con unos dedos delicados, apartó con ternura el pelo de Tristran de su rostro. El joven dormido no se movió ni respondió en modo alguno.

—Me parece que no te creo, ni confío en ti —dijo la estrella.

Un pájaro nocturno graznó en un árbol encima de sus cabezas. Parecía muy solitario, en la oscuridad.

—Vi el topacio en tu cintura cuando era un pájaro —dijo la mujer, una vez más en pie—. Vi cómo te bañabas y reconocí la piedra.

—¿Cómo? —preguntó la estrella—. ¿Cómo la reconociste?

Pero la mujer de pelo negro tan sólo sacudió la cabeza y se fue por donde había venido, lanzando una sola mirada más al joven dormido sobre la hierba. Y entonces se la tragó la noche.

El pelo de Tristran había caído, con obstinación, una vez más sobre su rostro. La estrella se inclinó y lo apartó suavemente a un lado, y dejó que sus dedos se entretuvieran un instante sobre su mejilla. Él siguió durmiendo.

Tristran fue despertado poco después del alba por un gran tejón que resopló en su oreja hasta que abrió los ojos, medio dormido, y entonces el animal dijo, con ínfulas de grandeza:

—¿Acaso sois un tal Thorn? ¿Llamado Tristran?

—¿Mm? —dijo Tristran.

Tenía un sabor horrible en la boca, que sentía seca y peluda. Hubiese podido dormir varias horas más.

—Han preguntado por ti —dijo el tejón—. Allá por la

abertura. Parece que una joven dama quiere tener unas palabras contigo.

Tristran se incorporó y sonrió ampliamente. Puso la mano sobre el hombro de la estrella dormida. Ella abrió sus azules ojos dormidos y dijo:

—¿Qué?

—Buenas noticias —le dijo él—. ¿Recuerdas a Victoria Forester? Puede que haya mencionado su nombre un par de veces, durante nuestros viajes.

—Sí —respondió ella—. Es posible.

—Bien —continuó él—. Voy a verla. Me espera en la abertura. —Hizo una pausa—. Bueno. Mira. Seguramente será mejor que te quedes aquí. No querría confundirla o algo parecido.

La estrella dio la vuelta hacia el otro lado y se cubrió la cabeza con el brazo, sin decir nada más. Tristran pensó que se había vuelto a dormir. Se puso las botas, se lavó la cara, se enjuagó la boca en el arroyo y atravesó corriendo el prado, en dirección al pueblo.

Aquella mañana, los guardas del muro eran el reverendo Myles, el vicario, y el señor Bromios, el posadero. Entre ambos había una joven que daba la espalda al prado.

—¡Victoria! —gritó Tristran, encantado; pero entonces la joven se dio la vuelta y Tristran vio que no era Victoria Forester (que, como recordó súbitamente, y con gran alegría por su parte, tenía los ojos grises. Eso es lo que eran: grises. ¿Cómo podía haber olvidado algo así?). Tristran no pudo decir quién era la joven, que lucía un bonito sombrero y un chal, pero al verle los ojos de ella se llenaron de lágrimas.

—¡Tristran! —gritó—. ¡Eres tú! ¡Dijeron que eras tú! ¡Oh, Tristran! ¡¡Cómo pudiste?! Pero ¿cómo pudiste?

Entonces comprendió quién debía de ser la joven dama que le hacía tantos reproches.

—¿Louisa? —dijo a su hermana—. La verdad es que has crecido, mientras he estado fuera; de ser una chiquilla has pasado a ser una preciosa señorita.

Ella sollozó, y se sonó la nariz con un pañuelo de lino bordado de encaje que se sacó de la manga.

—Y tú —le dijo ella, mientras se secaba las mejillas con el pañuelo— te has convertido en un melenudo y desarrapado gitano en tus viajes. Pero supongo que tienes buen aspecto, y eso es bueno. Ven, vamos —y le hizo señas, impaciente, para que atravesase la hendidura del muro y acudiese a su lado.

—Pero el muro... —dijo él, contemplando al posadero y al vicario con algo de intranquilidad.

—Ah, no te preocupes por eso. Cuando Wystan y el señor Brown acabaron el turno anoche fueron a La Séptima Garza, donde Wystan mencionó su encuentro con un rufián que decía ser tú y dijo que le habían impedido el paso. ¡Que te lo habían impedido! Cuando estas noticias llegaron a oídos de nuestro padre, se dirigió directamente a la Garza y les soltó a ambos un soberano discurso tan avinagrado que a duras penas pude creer que era él quién hablaba.

—Algunos de nosotros queríamos dejarte regresar esta misma mañana —dijo el vicario—, y algunos querían hacerte esperar hasta el mediodía.

—Pero ninguno de los que te querían hacer esperar están de guardia a esta hora —dijo el señor Bromios—, cosa que exigió cierta complicación a la hora de organizarse... y precisamente en un día en que yo debería estar atendiendo el puesto de refrescos, podría remarcar. Pero me alegro de verte de vuelta. Vamos, pasa. —Y con estas palabras le ofreció su mano, que Tristran apretó con entusiasmo. Luego Tristran dio la mano al vicario.

—Tristran —dijo el vicario—, supongo que debes de haber visto muchas cosas extrañas en tus viajes.

Tristran reflexionó un momento.

—Supongo que sí —dijo.

—Entonces debes venir a la vicaría la semana que viene —le aconsejó el vicario—. Tomaremos el té y me lo contarás todo. En cuanto te hayas instalado, ¿eh?

Y Tristran, que siempre había tenido un gran respeto por el vicario, no pudo hacer otra cosa que asentir.

Louisa suspiró, un poco teatralmente, y empezó a andar con ligereza en dirección hacia La Séptima Garza. Tristran corrió por el empedrado para alcanzarla y se puso a caminar a su lado.

—Mi corazón se alegra mucho de volver a verte, hermana.

—Como si todos nosotros no hubiésemos estado enfermos de preocupación por ti —dijo ella, enfadada—, tú y tus anhelos por vagabundear. Ni siquiera me despertaste para despedirte de mí. Papá ha estado terriblemente preocupado. En Navidad, sin ti, después de haber comido el ganso y el pudin, levantó su copa de oporto y brindó por los amigos ausentes, y mamá sollozó como un bebé; por supuesto yo también me eché a llorar, y entonces papá empezó a sonarse con su mejor pañuelo, y el abuelo y la abuela Hempstock insistieron en que cantásemos villancicos y leyéramos poemas navideños, pero eso tan sólo empeoró las cosas. Para decirlo sin rodeos, Tristran, nos arruinaste completamente las Navidades.

—Lo siento —se disculpó Tristran—. ¿Qué hacemos ahora? ¿Adónde vamos?

—Vamos a La Séptima Garza —dijo Louisa—. Yo diría que es bastante obvio. El señor Bromios dijo que podías usar su sala de estar. Hay alguien que tiene que hablar contigo.

Y no dijo nada más cuando entraron en la taberna. Hubo cierto número de caras que Tristran reconoció, y gente que le saludó con la cabeza, o le sonrió, o no le sonrió, mientras atravesaba la sala y se abría paso hasta las estrechas escaleras situadas tras la barra, con Louisa a su lado. Las planchas de madera crujían bajo sus pies.

Louisa miró malhumorada a Tristran. Entonces le empezó a temblar el labio y, para sorpresa de Tristran, le echó los brazos al cuello y le abrazó con tanta fuerza que no podía respirar. Luego, sin decir palabra, su hermana huyó escaleras abajo.

Tristran llamó a la puerta de la sala de estar y entró. La sala estaba decorada con gran número de objetos inusuales, de pequeñas figuritas antiguas y de jarros de arcilla. En la pared colgaba una vara, envuelta en hojas de hiedra o, mejor dicho, en un metal oscuro hábilmente forjado para que pareciese hiedra. Aparte de estos detalles decorativos, la sala de estar hubiese podido pertenecer a cualquier empleado soltero con muy poco tiempo para estar en ella. El mobiliario constaba de un pequeño diván, una mesa baja donde había un volumen forrado en piel y muy usado de los sermones de Laurence Sterne, un piano y varias butacas de piel. En una de ellas estaba sentada Victoria Forester.

Tristran se dirigió hacia ella lenta, firmemente, y entonces se arrodilló a sus pies, como había hecho antes sobre el barro de un camino rural.

—Oh, por favor, no —dijo Victoria Forester, incómoda—. Por favor, levántate. ¿Por qué no te sientas ahí? En esa silla. Sí. Mucho mejor.

La luz de la mañana brillaba a través de las cortinas de encaje e iluminaba su pelo castaño desde atrás, enmarcando su cara en oro.

—Mírate —dijo ella—. Te has convertido en un hombre. Y la mano... ¿Qué le ha pasado a tu mano?

—Me la quemé —dijo él—. En un fuego.

Ella no dijo nada, al principio. Tan sólo le miró. Entonces se hundió profundamente en la butaca, miró enfrente, concentrándose en la vara de la pared o en alguna de las curiosas estatuas antiguas del señor Bromios, y habló:

—Hay varias cosas que debo decir, Tristran, y ninguna de ellas será fácil. Te agradecería que no dijeras nada hasta que haya terminado. Bien: lo primero, y seguramente lo más importante, es que debo pedirte disculpas. Fue mi insensatez, mi idiotez, lo que te hizo emprender tu viaje. Creí que lo decías de broma... no, de broma no. Creí que eras demasiado cobarde, demasiado muchacho como para seguir al pie de la letra tus extraordinarias y tontas palabras. Tan sólo cuando ya te habías ido, y habían pasado los días, y no regresabas, me di cuenta de que hablabas con toda seriedad, y entonces ya era demasiado tarde. He tenido que vivir... cada día... temiendo la posibilidad de haberte enviado a la muerte.

Miraba fijamente al frente mientras hablaba, y Tristran tenía la impresión, que se convirtió en certeza, de que durante su ausencia ella había sostenido aquella conversación en su cabeza cientos de veces. Por eso no se le permitía decir palabra: aquello ya era bastante difícil para Victoria Forester, y no hubiese conseguido llegar hasta el final si él la hubiese obligado a apartarse de su guión prefijado.

—Y no fui justa contigo, mi pobre mozo de almacén... aunque ya no eres un mozo de almacén, ¿verdad...? Porque pensé que tu misión voluntaria no era más que fantasía... —Hizo una pausa, y sus manos se aferraron a los brazos de madera de la butaca tan fuertemente que primero sus nudillos enrojecieron, y después se volvieron blancos—. Pregúntame por qué no quise besarte esa noche, Tristran Thorn.

—Estabas en tu derecho de no besarme —dijo Tristran—. No he venido a entristecerte, Vicky. No he encontrado tu estrella para hacerte desgraciada.

La cabeza de la joven se inclinó a un lado.

—Entonces, dime, ¿has encontrado la estrella que vimos aquella noche?

—Claro —dijo Tristran—. Aunque la estrella está en el prado, en estos momentos. Pero hice lo que me pediste que hiciera.

—Entonces haz algo más por mí, ahora. Pregúntame por qué no quise besarte aquella noche. Al fin y al cabo, ya te había besado antes, cuando éramos más jóvenes.

—Muy bien, Vicky: ¿por qué no quisiste besarme aquella noche?

—Porque —confesó ella, y había alivio en su voz mientras lo decía, un enorme alivio, como si al fin pudiera liberarlo, después de tanto tiempo— el día antes de que viésemos caer la estrella fugaz, Robert me había pedido que me casara con él. Aquella tarde, cuando te vi, había ido a la tienda para verle, para hablarle y para decirle que aceptaba, y que debía pedir mi mano a mi padre.

—¿Robert? —preguntó Tristran, que tenía la cabeza hecha un lío.

—Robert Monday. Tú trabajabas en su tienda.

—¿El señor Monday? —repitió Tristran—. ¿Tú y el señor Monday?

—Exacto. —Ahora Victoria le miraba a los ojos—. Y entonces tú me tomaste en serio y te faltó tiempo para ir a buscarme una estrella, y no pasaba un solo día sin que yo no sintiera que había hecho algo insensato y malo. Porque te prometí mi mano si tú volvías con la estrella. Y hubo días, Tristran, que honestamente no sabría decirte qué me parecía peor: que murieras en las Tierras de Más Allá, por culpa del amor que sentías por mí, o que tuvieras éxito en tu locura y regresases con la estrella para reclamarme como esposa. Claro está, alguna gente de por aquí me dijo que no me lo tomara tan a pecho, y que tu partida hacia las Tierras de Más Allá era inevitable, sin duda, dada tu naturaleza y el hecho de que originalmente procedías de allí; pero de alguna manera, en el fondo de mi corazón, yo sabía que todo era culpa mía, y que un día regresarías para reclamarme.

—¿Y tú quieres al señor Monday? —dijo Tristran, agarrándose a la única cosa en todo aquel embrollo que estaba seguro de entender.

Ella asintió y levantó la cabeza, de manera que su bonita barbilla apuntaba hacia Tristran.

—Pero te di mi palabra, Tristran. Y la cumpliré, como ya le he dicho a Robert. Soy responsable de todo cuanto has sufrido... incluso de tu pobre mano quemada. Y si me quieres, soy tuya.

—Si he de ser honesto —dijo él—, creo que yo mismo soy responsable de todo cuanto he hecho, y no tú. Y me es difícil arrepentirme de un solo momento, aunque eché de menos una cama mullida de vez en cuando, y jamás seré capaz de volver a contemplar a un lirón de la misma manera que antes. Pero tú no me prometiste tu mano si yo regresaba con la estrella, Vicky.

—¿No lo hice?

—No. Me prometiste cualquier cosa que yo deseara.

Victoria Forester se irguió completamente, entonces, y miró al suelo. Una mancha roja ardía en cada una de sus pálidas mejillas, como si las hubieran abofeteado.

—¿Debo entender que...? —empezó ella, pero Tristran la interrumpió.

—No —dijo—. Creo que no lo entiendes, de hecho. Dijiste que me darías cualquier cosa que yo deseara.

—Sí.

—Entonces... —hizo una pausa—. Entonces deseo que te cases con el señor Monday. Deseo que os caséis tan rápidamente como sea posible... vaya, esta misma semana, si tal cosa puede arreglarse. Y deseo que seáis tan felices juntos como jamás lo han sido un hombre y una mujer.

Ella exhaló un tembloroso suspiro lleno de tensión acumulada. Entonces le miró a los ojos.

—¿Lo dices de veras? —preguntó.

—Cásate con él con mi bendición, y estaremos en paz —dijo Tristran—. Y la estrella seguramente pensará lo mismo.

Llamaron a la puerta.

—¿Todo va bien ahí dentro? —preguntó una voz masculina.

—Todo va muy bien —dijo Victoria—. Por favor, Robert, entra. Recuerdas a Tristran Thorn, ¿verdad?

—Buenos días, señor Monday —dijo Tristran, y dio la mano al señor Monday, que la tenía húmeda y sudorosa—. Tengo entendido que se casará pronto. Permítame que le felicite.

El señor Monday sonrió, pero parecía que tuviese dolor de muelas. Entonces tendió una mano a Victoria, que se levantó de su butaca.

—Si desea ver la estrella, señorita Forester... —dijo Tristran, pero Victoria sacudió la cabeza.

—Estoy encantada de que haya vuelto sano y salvo a casa, señor Thorn. Me gustaría que asistiera a nuestra boda.

—Nada podría procurarme un mayor placer —dijo Tristran, aunque no estaba en absoluto seguro de tal cosa.

En un día normal, hubiese sido extraordinario que La Séptima Garza estuviese tan abarrotada antes del desayuno, pero aquél era día de mercado, y los habitantes de Muro y los extranjeros se amontonaban en el bar, devorando platos llenos a rebosar de costillas de cordero, tocino, champiñones, huevos fritos o morcilla.

Dunstan Thorn esperaba a Tristran en el bar. Se levantó en cuanto lo vio, se dirigió hacia él y le tomó por el hombro, sin decir nada.

—Has regresado ileso —dijo al fin, y había orgullo en su voz.

Tristran se preguntó si habría crecido mientras estuvo fuera: recordaba a su padre bastante más voluminoso.

—Hola, padre —dijo—. Me hice un poco de daño en la mano.

—Tu madre te ha preparado el desayuno en la granja —dijo Dunstan.

—Desayunar sería maravilloso —reconoció Tristran—. Y volver a ver a mamá, claro. Y también tenemos que hablar.

Su mente no dejaba de dar vueltas a algo que Victoria Forester había dicho.

—Se te ve más alto —dijo su padre—. Y te hace mucha falta ir a ver al barbero.

Vació su jarra, y juntos abandonaron La Séptima Garza y salieron a la luz de la mañana.

Los dos Thorn saltaron una valla que delimitaba los campos de Dunstan, y mientras ambos caminaban por el prado donde había jugado de pequeño, Tristran sacó a relucir un asunto que le había estado concomiendo y que era la cuestión de su nacimiento. Su padre le respondió tan honestamente como fue capaz durante la larga caminata hasta la granja; le explicó la historia como si estuviese narrando algo que le había pasado a otra persona. Una historia de amor.

Y entonces llegaron al antiguo hogar de Tristran, donde le esperaba su hermana y donde le aguardaba un humeante desayuno en los fogones y sobre la mesa, preparado, con mucho amor, por la mujer que él siempre había creído que era su madre.

Madame Semele colocó la última flor de cristal sobre la mesa del tenderete y contempló el mercado con aspecto huraño. Tan sólo pasaban unos minutos del mediodía, y los clientes empezaban a discurrir. Aún no se había detenido ninguno en su puesto.

—Cada nueve años hay menos y menos gente —dijo—. Acuérdate de mis palabras, pronto este mercado no será más que un recuerdo. Hay otros mercados, y otros lugares donde levantar el tenderete, pienso yo. Este mercado está casi acabado. Otros cuarenta, cincuenta, sesenta años como mucho y se habrá terminado para siempre.

—Quizá —dijo su criada de ojos violeta—, pero a mí no me importa. Es el último de estos mercados al que asistiré jamás.

Madame Semele la fulminó con la mirada.

—Creí haberte quitado la insolencia a golpes hace mucho tiempo.

—No es insolencia —dijo su esclava—. Mira.

Levantó la cadena de plata que la ataba. Brilló a la luz del sol, pero aun así era mucho más delgada, más translúcida de lo que había sido nunca: había fragmentos que parecían hechos no de plata, sino de humo.

—¿Qué has hecho? —La saliva manchaba los labios de la vieja.

—No he hecho nada; nada que no hiciese hace dieciocho años. Tenía que ser tu esclava hasta el día en que la luna perdiese a su hija, si ocurría en una semana en la cual dos lunes coincidiesen. Y mi tiempo contigo ya casi ha terminado.

Habían pasado las tres de la tarde. La estrella estaba sentada sobre la hierba del prado junto al tenderete de vinos, cervezas y comida del señor Bromios, y contemplaba la abertura del muro y el pueblo que se alzaba más allá. De vez en cuando, los clientes del tenderete le ofrecían vino, cerveza o grandes salchichas grasientas, y ella siempre declinaba la invitación.

—¿Estás esperando a alguien, querida? —preguntó una joven de rasgos agradables, mientras la tarde proseguía su paso indolente.

—No lo sé —respondió la estrella—. Quizá.

—Un joven, si no yerro la suposición, a juzgar por lo hermosa que eres.

La estrella asintió.

—En cierta manera —dijo.

—Soy Victoria —dijo la joven—. Victoria Forester.

—Yo me llamo Yvaine —contestó la estrella. Contempló a Victoria Forester de pies a cabeza, y de nuevo hasta los pies—. Así que tú eres Victoria Forester. Tu fama te precede.

—¿La boda, quieres decir? —dijo Victoria, y sus ojos brillaron de orgullo y delicia.

—¿Será una boda, entonces? —preguntó Yvaine.

Se llevó una mano a la cintura, y notó el topacio atado con su cadena de plata. Entonces contempló la abertura del muro, y se mordió el labio.

—¡Oh, pobrecita! ¡Debe de ser un bestia, si es capaz de tenerte aquí esperando! —dijo Victoria Forester—. ¿Por qué no te llegas al pueblo y le buscas?

—Porque... —dijo la estrella, pero enseguida se detuvo—. Sí —dijo—. Quizá lo haga. —El cielo sobre sus cabezas estaba adornado con cintas blancas y grises de nubes, a través de las cuales podían verse retazos de azul—. Ojalá mi madre ya hubiera salido —dijo la estrella—. Me gustaría decirle adiós, primero. —Y se puso en pie con dificultad.

Pero Victoria no estaba dispuesta a soltar tan fácilmente a su nueva amiga, y empezó a charlar de las amonestaciones, y de los enlaces matrimoniales, y de licencias especiales que tan sólo podían expedir los arzobispos, y de la suerte que tenían de que Robert conociese al arzobispo. La boda, al parecer, se había fijado para dentro de seis días, a mediodía. Entonces Victoria llamó a un respetable caballero de sienes plateadas, que fumaba un cigarro negro y sonreía como si le dolieran las muelas.

—Ahí llega Robert —dijo la joven—. Robert, ésta es Yvaine, y espera a su joven caballero. Yvaine, éste es Robert Monday, y el próximo viernes, a mediodía, yo seré Victoria Monday. ¡Oh, cariño! —esbozó una sonrisa—, como Monday significa lunes en inglés, quizá podrías mencionar eso en tu discurso después del desayuno de bodas... ¡que precisamente ese viernes coincidirán dos lunes!

El señor Monday dio una calada a su cigarro y dijo a su futura esposa que sin duda lo tendría en cuenta.

—Entonces —preguntó Yvaine, escogiendo cuidadosamente las palabras—, ¿no vas a casarte con Tristran Thorn?

—Claro que no —dijo Victoria.

—Oh —dijo la estrella—. Bien. —Y volvió a sentarse.

Todavía estaba sentada en el mismo sitio cuando Tristran volvió a atravesar la abertura del muro, varias horas después. Parecía preocupado, pero se animó en cuanto vio a Yvaine.

—Hola —le dijo, ayudándola a levantarse—. ¿Te lo has pasado bien, esperándome?

—No demasiado —contestó ella.

—Lo siento —dijo Tristran—. Supongo que debería haberte llevado conmigo al pueblo.

—No —dijo la estrella—. No debías. Tan sólo puedo vivir mientras permanezca en el País de las Hadas. Si pisara tu mundo, no sería nada más que una fría piedra de hierro, retorcida y deformada y caída de los cielos.

—Pero yo te hubiese llevado conmigo. Anoche lo intenté.

—Sí —dijo ella—. Lo que demuestra sin lugar a dudas

que eres un cabeza de chorlito, un descerebrado y un... un patán.

—Petimetre —sugirió Tristran—. Te gustaba mucho llamarme petimetre. Y zote.

—Bueno —dijo ella—, eres todas esas cosas y muchas más aún. ¿Por qué me has hecho esperar tanto? Creí que te había pasado algo horrible.

—Lo siento —se disculpó él—. No volveré a dejarte sola.

—No —dijo ella, con seriedad y con certeza—, no lo harás.

Y la mano de él encontró la de ella. Caminaron, cogidos de la mano, por el mercado. Luego se levantó un viento que azotó las lonas de las tiendas y las banderas, y una lluvia fría les cayó encima. Se refugiaron bajo el tendido de un tenderete de libros, junto con varias personas y criaturas más. El amo del puesto cambió una caja de libros de sitio para asegurarse de que no se mojaran.

—Cielo aborregado, poco tiempo seco y poco tiempo mojado —dijo un hombre con un sombrero de copa negro de seda a Tristran e Yvaine. Iba a comprar un librito encuadernado en piel roja.

Tristran sonrió y asintió, y como resultaba evidente que la lluvia estaba amainando, Yvaine y él echaron a andar de nuevo.

—Y éste es todo el agradecimiento que voy a recibir, sin duda —dijo el hombre alto del sombrero de copa al librero, que no tenía ni la menor idea de qué estaba hablando, y a quien no le importaba en absoluto.

—Me he despedido de mi familia —dijo Tristran a la estrella, mientras caminaban—. De mi padre y de mi madre... quizá debería decir de la esposa de mi padre... y de mi hermana Louisa. No creo que vuelva nunca más. Ahora sólo nos falta solucionar el problema de cómo volver a subirte al cielo. Quizá vaya contigo.

—No te gustaría el cielo —le aseguró la estrella—. Así que... supongo que no vas a casarte con Victoria Forester.

Tristran sacudió la cabeza.

—No —dijo.

—La he conocido —dijo la estrella—. ¿Sabías que está embarazada?

—¿Qué? —exclamó Tristran, sorprendido y asombrado.

—Dudo que ella lo sepa. Lleva ya una, quizá dos lunas.

—Santo cielo. ¿Cómo puedes saberlo?

Ahora le tocaba a la estrella encogerse de hombros.

—¿Sabes? Me hizo muy feliz saber que no ibas a casarte con Victoria Forester.

—A mí también.

La lluvia empezó a caer de nuevo, pero ninguno de los dos se movió para buscar cobijo. Él le apretó la mano.

—Sabes —dijo ella— que una estrella y un hombre mortal...

—Sólo medio mortal, de hecho —dijo Tristran, servicial—. Todo aquello que creía saber de mí, quién era, qué era, ha resultado falso, o algo así. No tienes ni idea de lo increíblemente liberador que ha sido.

—Seas lo que seas —dijo ella—, sólo quiero señalar que probablemente nunca podremos tener hijos. Nada más.

Tristran miró entonces a la estrella y empezó a sonreír, pero no dijo nada. Tenía las manos sobre sus hombros. Estaba frente a ella y la contemplaba.

—Sólo quería que lo supieras, nada más —dijo la estrella, mientras levantaba el rostro.

Se besaron entonces por primera vez bajo la fría lluvia de primavera y ninguno de los dos se dio cuenta de que llovía. El corazón de Tristran martilleaba dentro de su pecho, como si no fuera lo suficientemente grande como para poder contener toda la alegría que lo desbordaba, y abrió los ojos mientras besaba a la estrella. Los ojos azul celeste de ella le devolvieron la mirada, y en aquellos ojos fue incapaz de discernir la posibilidad de volver a separarse jamás.

La cadena de plata ya no era nada más que humo y vapor. Durante un latido quedó suspendida en el aire y entonces una fría ráfaga de viento y lluvia la convirtió en nada.

—Ya está —dijo la mujer del pelo negro y rizado, estirándose como un gato y sonriendo—. El plazo de mi servidumbre ha expirado, y tú y yo ya no tenemos nada que ver la una con la otra.

La anciana la contempló, desesperada.

—Pero ¿qué voy a hacer? Soy vieja. No puedo llevar el tenderete sola. Eres una malvada e insensata puerca, al abandonarme de esta manera.

—Tus problemas no me conciernen —dijo su antigua esclava—, pero jamás volverá nadie a llamarme puerca, ni esclava, ni nada que no sea mi verdadero nombre. Soy lady Una, primogénita y única hija del octogésimo primer señor de Stormhold, y los hechizos y condiciones con que me ligaste han perdido efecto. Ahora vas a disculparte y vas a llamarme por mi verdadero nombre, porque si no... y con un enorme placer... dedicaré el resto de mi vida a perseguirte y a destruir todo cuanto te importa y todo cuanto eres.

Ambas se miraron fijamente a los ojos y fue la anciana quien apartó primero la vista.

—Entonces me disculpo por haberos llamado puerca, lady Una —dijo, como si cada palabra fuese serrín amargo que escupiese de su boca.

Lady Una asintió.

—Bien. Y creo que me debes una paga por los servicios, que te he prestado, ahora que mi tiempo contigo ha llegado a su fin —dijo ella—. Porque estas cosas tienen reglas. Todas las cosas tienen reglas.

ϓ

La lluvia todavía caía a ráfagas, dejaba luego de llover el suficiente tiempo como para permitir salir a la gente de sus refugios improvisados, y entonces volvía a caer de nuevo. Tristran e Yvaine estaban sentados, empapados y felices, junto a una hoguera de campo, en compañía de un variopinto enjambre de criaturas y personas. Tristran les había preguntado si conocían al hombrecillo peludo con quien se había tropezado durante sus viajes, y lo describió tan bien como pudo. Varias personas dijeron haberle conocido en el pasado, aunque nadie lo había visto en aquella ocasión.

Descubrió que sus manos se enredaban, casi por voluntad propia, entre el pelo húmedo de la estrella. Se preguntó cómo era posible que hubiese tardado tanto tiempo en darse cuenta de que ella le importaba tanto, y se lo dijo, y ella le llamó idiota, y él declaró que era lo más maravilloso que habían llamado jamás a hombre alguno.

—Bueno, ¿y adónde iremos cuando termine el mercado? —preguntó Tristran a la estrella.

—No lo sé —dijo ella—. Pero yo todavía debo librarme de una obligación.

—¿De veras?

—Sí —respondió ella—. Aquello que te mostré. Debo entregarlo a la persona correcta. La última vez que ésta se presentó, la posadera le cortó la garganta, así que todavía lo llevo conmigo. Pero desearía no tener que llevarlo más.

La voz de una mujer sobre su hombro dijo:

—Pídele lo que lleva, Tristran Thorn.

Él se volvió y contempló unos ojos del color de las violetas del prado.

—Tú eras el pájaro de la caravana de la bruja —le dijo a la mujer.

—Cuando tú eras el lirón, hijo mío —dijo la mujer—. Lo

era. Pero ahora he recuperado mi forma de nuevo, y mi tiempo de servidumbre ha terminado. Pide a Yvaine lo que lleva. Tienes derecho.

Tristran se volvió hacia la estrella.

—¿Yvaine?

Ella asintió, expectante.

—Yvaine, ¿quieres darme lo que llevas contigo?

Ella parecía desconcertada; entonces metió la mano en el interior de su túnica, hurgó discretamente y sacó un enorme topacio engarzado en una cadena de plata rota.

—Era de tu abuelo —dijo la mujer—. Tú eres el último hombre de la dinastía de Stormhold. Póntelo en el cuello.

Tristran lo hizo; cuando tocó los extremos de la cadena de plata, se entretejieron y se enmendaron como si nunca hubiesen estado rotos.

—Es muy bonito —dijo Tristran, vacilante.

—Es el Poder de Stormhold —dijo su madre—. Nadie puede discutir eso. La sangre corre por tus venas, y todos tus tíos han muerto. Serás un gran señor de Stormhold.

Tristran la contempló honradamente perplejo.

—Pero yo no deseo ser señor de ninguna parte —respondió—, ni de nada, excepto quizá del corazón de mi dama.

Y tomó la mano de la estrella entre las suyas, la apretó contra su pecho y sonrió. La mujer sacudió las orejas con impaciencia.

—En casi dieciocho años, Tristran Thorn, no te he pedido ni una sola cosa. Y ahora, ante la primera simple petición que te hago... ante el mínimo favor que te pido... tú me dices que no. Te pregunto, Tristran, si ésta es manera de tratar a tu madre.

—No, madre —dijo Tristran.

—Bueno —continuó ella, un poco enternecida—, pues yo creo que a vosotros los jóvenes os conviene tener un hogar propio y tener una ocupación. Y si no te gusta, siempre puedes irte, ¿sabes? No hay cadena de plata que te ate al trono de Stormhold.

Tristran halló esto muy tranquilizador. Yvaine se sintió menos impresionada, porque sabía que cadenas de plata las había de todas formas y tamaños; pero también sabía que no sería nada inteligente empezar su vida junto a Tristran discutiendo con su madre.

—¿Puedo tener el honor de preguntaros cómo os llamáis? —inquirió Yvaine, que temió haber endulzado demasiado sus palabras. La madre de Tristran se irguió orgullosa, e Yvaine supo que no había equivocado la medida de sus halagos.

—Soy lady Una de Stormhold —dijo. Entonces metió la mano en una pequeña bolsa que llevaba colgada de un costado y sacó una rosa de cristal, de un rojo tan oscuro que casi parecía negro a la luz vacilante de la hoguera—. Es mi paga —continuó— a más de sesenta años de servidumbre. Le supo terriblemente mal entregármela, pero las reglas son las reglas, y hubiese perdido su magia y mucho más aún si no me la hubiese dado. Tengo planeado canjearla por un palanquín que nos lleve de vuelta a Stormhold. Debemos presentarnos con cierto estilo. Oh, cuánto he echado de menos mi tierra... Debemos conseguir porteadores, jinetes, y quizás un elefante... Son tan imponentes, no hay nada que diga «aparta de mi camino» con tanta autoridad como un elefante abriendo la comitiva...

—No —dijo Tristran.

—¿No? —preguntó su madre.

—No —repitió Tristran—. Tú puedes viajar en palanquín, y en elefante, y en camello si lo deseas, madre. Pero Yvaine y yo iremos allí a nuestra manera, y viajaremos a nuestro propio ritmo.

Lady Una inspiró profundamente, e Yvaine decidió que prefería poner cierta distancia entre su persona y aquella discusión, así que se levantó y les dijo que volvería pronto, que quería pasear un poco y que no se alejaría. Tristran le lanzó una mirada suplicante, pero Yvaine sacudió la cabeza: aquella pelea tenía que ganarla él, y pelearía mejor si ella no estaba presente.

La joven cojeó por el mercado crepuscular y se detuvo junto a una tienda de la que procedían música y aplausos, de cuyo interior se derramaba una luz que parecía oro líquido. Escuchó la música, y reflexionó inmersa en sus propios pensamientos. Fue allí donde una anciana encorvada, de cabellos blancos, con un ojo velado por las cataratas, renqueó hasta la estrella y le pidió que se detuviera un momento para hablar.

—¿Sobre qué? —preguntó Yvaine.

La anciana, encogida por la edad y el tiempo hasta un tamaño poco mayor que el de un niño, se agarraba a un bastón tan alto y torcido como ella misma con unas manos temblorosas y de nudillos hinchados. Contempló a la estrella con su ojo bueno y con su ojo lechoso, y dijo:

—Venía a llevarme tu corazón conmigo.

—¿De veras? —preguntó la estrella.

—Sí —dijo la anciana—. A punto estuve de conseguirlo, en aquel puerto de montaña. —Rio engoladamente al recordarlo—. ¿No te acuerdas?

Llevaba un fardo voluminoso a la espalda que casi parecía una joroba. Un cuerno en espiral de marfil sobresalía del fardo, e Yvaine supo entonces dónde había visto antes ese cuerno.

—¿Eras tú? —preguntó la estrella a la diminuta mujer—. ¿Tú, la de los cuchillos?

—Ajá. Era yo. Pero malgasté toda la juventud que reservé para el viaje. Cada acto de magia me costaba un poco de la juventud que vestía, y ahora soy más vieja de lo que nunca he sido.

—Si me tocas —le amenazó la estrella—, si me pones un solo dedo encima, lo lamentarás para siempre jamás.

—Si alguna vez llegas a tener mi edad —dijo la anciana—, sabrás todo cuanto se puede saber sobre las lamentaciones, y sabrás que una más, aquí o allí, a la larga nunca representa gran diferencia.

Husmeó el aire. Su vestido había sido rojo, pero parecía haber sufrido multitud de remiendos, y se había desgastado terriblemente con los años. Mostraba un hombro desnudo en el que podía apreciarse una cicatriz fruncida que hubiese podido tener varios siglos de antigüedad.

—Lo que quiero saber es por qué ya no puedo encontrarte con mi mente. Todavía sigues ahí, a duras penas, pero como un fantasma, o un fuego fatuo. No hace mucho que ardías... tu corazón ardía en mi mente como un fuego de plata. Pero después de aquella noche en la posada, empezó a vacilar y a apagarse, y ahora ya no lo veo por ninguna parte.

Yvaine se dio cuenta de que no sentía más que pena por aquella criatura que la había querido muerta, y por eso dijo:

—¿Podría ser que el corazón que buscas ya no me pertenezca?

La anciana tosió. Toda su figura sufrió sacudidas y espasmos por aquel terrible esfuerzo. La estrella esperó que hubiese terminado y después dijo:

—He entregado mi corazón a otro.

—¿Al chico? ¿El de la posada? ¿Con el unicornio?

—Sí.

—Debiste dejarme que te lo quitara allí, y que fuera para mis hermanas y para mí. Hubiésemos podido volver a ser jóvenes, hasta la próxima edad del mundo. Tu chico te lo romperá, o lo malgastará, o lo perderá. Siempre lo hacen.

—A pesar de eso —dijo la estrella—, él tiene mi corazón. Espero que tus hermanas no sean demasiado severas contigo cuando regreses junto a ellas con las manos vacías.

Entonces Tristran se acercó a Yvaine, le tomó la mano y saludó educadamente con la cabeza a la anciana.

—Todo arreglado —sentenció—. No hay nada de qué preocuparse.

—¿Y el palanquín?

—Oh, mi madre viajará en palanquín. Tuve que prometerle que tarde o temprano iríamos a Stormhold, pero podemos tomarnos nuestro tiempo. Creo que deberíamos comprar un par de caballos y admirar el paisaje.

—¿Y tu madre ha accedido?

—Al final, sí —dijo, gozoso—. Lamento haber interrumpido.

—Casi habíamos terminado —dijo Yvaine, y volvió a dedicar su atención a la menuda anciana.

—Mis hermanas serán severas, pero crueles —dijo la vieja bruja reina—. Sin embargo, agradezco el interés. Tienes un buen corazón, niña. Lástima que no pueda ser para mí.

La estrella se inclinó y, entonces, besó a la anciana en la arrugada mejilla, sintiendo cómo los duros pelos que la poblaban le arañaban los suaves labios.

Luego la estrella y su amor verdadero se alejaron caminando hacia el muro.

—¿Quién era esa vieja? —preguntó Tristran—. Me resultaba un poco familiar. ¿Acaso ha ocurrido algo malo?

—Nada malo —le dijo ella—. Sólo era alguien que conocí por el camino.

A sus espaldas tenían las luces del mercado, las linternas, velas, farolillos brujos y resplandores mágicos, como un sueño del cielo nocturno traído a la tierra. Ante sí, al otro lado del prado, al otro lado de la abertura de la pared, ahora sin guardas, estaba el pueblo de Muro. Las lámparas de aceite, las de gas y las velas ardían en las ventanas de las casas del pueblo. A Tristran le parecieron, entonces, tan distantes y tan inescrutables como el mundo de las mil y una noches.

Contempló las luces de Muro (se le reveló de pronto con certeza) durante la que sabía que sería la última vez. Las contempló durante largo rato, sin decir nada, con la estrella caída a su lado. Y entonces se dio la vuelta y juntos empezaron a andar hacia el Este.

Epílogo
Donde pueden diferenciarse varios finales

*F*ue considerado por muchos uno de los más gloriosos días en la historia de Stormhold: el día en que lady Una, largo tiempo perdida y creída muerta después de ser robada cuando niña por una bruja, volvió al reino de las montañas. Hubo celebraciones y fuegos de artificio y regocijo (oficial y de la otra clase) durante semanas después de que su palanquín llegase en una procesión encabezada por tres elefantes.

La alegría de los habitantes de Stormhold y de todos sus dominios se elevó hasta niveles nunca antes alcanzados cuando lady Una anunció que, durante el tiempo que había estado ausente, había dado a luz un hijo, el cual ante la desaparición y presunta muerte de sus dos últimos hermanos era el legítimo heredero del trono. De hecho, les dijo, ya llevaba el Poder de Stormhold colgado del cuello. El heredero y su reciente esposa llegarían pronto (lady Una no podía concretar con mayor precisión la fecha de su llegada, cosa que al parecer le molestaba sobremanera). Mientras tanto, en ausencia de la pareja real, lady Una anunció que ella gobernaría Stormhold como regente. Cosa que hizo, e hizo bien, y los dominios sobre y alrededor del monte Huon prosperaron y florecieron bajo su gobierno.

Pasaron tres años más antes de que dos viajeros, sucios de polvo del camino, llegasen, sedientos y con los pies doloridos, a la ciudad de Cerrodecirros en las laderas más bajas del monte Huon propiamente dicho, donde tomaron habitación en una posada y pidieron agua caliente y una bañera de hojalata. Se quedaron varios días en la posada, conversando con los demás clientes y huéspedes. La última noche de su estancia, la mujer, cuyos cabellos eran tan claros que casi parecían blancos, y que cojeaba ligeramente, miró al hombre a los ojos y dijo:

—¿Y bien?

—Bueno —añadió él—. Creo que mi madre está realizando una labor excelente como gobernante.

—Lo mismo que tú harías si subieses al trono —le dijo ella, sarcásticamente.

—Quizá —reconoció él—. Y la verdad es que parece un lugar bastante agradable para ir a parar, finalmente. Pero hay tantos sitios que todavía no hemos visto... tanta gente que todavía no hemos conocido... Por no mencionar los muchos entuertos que enderezar, villanos que derrotar, paisajes que admirar, y todas esas cosas, ya sabes.

Ella sonrió, con la boca torcida.

—Bueno —dijo—. Al menos no nos aburriremos. Pero más vale que dejemos una nota a tu madre.

Y resultó que lady Una de Stormhold recibió una hoja de papel de manos de un mozo de posada. La hoja estaba sellada con cera, y lady Una interrogó a fondo al mozo sobre los viajeros —un hombre y su esposa— antes de romper el sello y leer la carta. Iba dirigida a ella, y después de los saludos de rigor, decía:

Hemos sido inevitablemente retenidos por el mundo.
Cuenta con volver a vernos cuando nos veas.

Venía firmada por Tristran, y junto a su firma figuraba la huella de un dedo, que relucía y destellaba y brillaba cuando las sombras la tocaban, como si hubiese sido espolvoreada con estrellas diminutas. Con lo cual, ya que no había nada que pudiera hacer al respecto, Una tuvo que conformarse.

Pasaron otros cinco años antes de que los dos viajeros regresasen a la fortaleza de la montaña. Llegaron polvorientos, cansados y vestidos con harapos y remiendos, y al principio, para vergüenza de todo el reino, fueron tratados como vagabundos y bergantes; pero cuando el hombre mostró el topacio que llevaba colgado del cuello, fue reconocido como el único hijo de lady Una.

La investidura y celebraciones siguientes duraron casi un mes, tras el cual el joven octogésimo segundo señor de Stormhold puso manos a la obra y se dedicó a la tarea de gobernar. Tomó tan pocas decisiones como le fue posible, pero las que tomó fueron sabias, aunque su sabiduría no siempre fuese aparente en su momento. Era valiente en la batalla (aunque tenía la mano izquierda cubierta por una cicatriz y le servía de bien poco) y un astuto estratega; llevó a su pueblo a la victoria contra los duendes del Norte cuando aquéllos cerraron sus pasos a los viajeros; forjó una paz duradera con las águilas de los Altos Despeñaderos, una paz que sigue vigente hoy día.

Su esposa, la dama Yvaine, era una hermosa mujer de tierras distantes (aunque nadie sabía con seguridad cuáles eran y cuán distantes). Tomó aposento en un ala de habitaciones situadas en una de las cimas más altas de la ciudadela, abandonadas hacía largo tiempo y sin aprovechar por el palacio y su personal: el techo había sucumbido bajo unas rocas caídas hacía mil años. Nadie había deseado usarlas antes, pues estaban todas abiertas de par en par al cielo, y las estrellas y la luna brillaban sobre ellas con tal intensidad a través del tenue aire de las montañas que casi parecía posible tocarlas y tenerlas en la mano.

Tristran e Yvaine fueron felices juntos. No para siempre jamás, pues el Tiempo, ese ladrón, a menudo se lo lleva todo a su polvoriento almacén; pero fueron felices, al fin y al cabo, durante un largo intervalo. Y entonces la Muerte vino de noche, y susurró su secreto al oído del octogésimo segundo señor de Stormhold, y él asintió con su cabeza gris y ya no dijo nada más, y su gente llevó sus restos a la Sala de los Antepasados, donde yacen hasta hoy día.

Después de la muerte de Tristran, algunos afirmaron que era miembro de la Cofradía del Castillo, y que fue el artífice de la derrota del Poder de la Corte Funesta, pero la veracidad de esta afirmación, como tantas otras cosas, se fue a la tumba con él, y jamás ha podido confirmarse, de una manera o de otra.

Yvaine se convirtió en la señora de Stormhold, y demostró ser mejor soberana, en la paz y en la guerra, de lo que nadie se habría atrevido a esperar. No envejeció como había envejecido su marido, y sus ojos permanecieron tan azules, su pelo tan dorado y brillante, y —como tuvieron ocasión de descubrir los ciudadanos libres de Stormhold— su temperamento tan súbitamente incendiario como la noche en que Tristran la vio por primera vez en aquel claro junto al estanque.

Cojea ligeramente hasta el día de hoy, aunque en Stormhold nadie lo comenta, de la misma manera que tampoco se atreven a comentar que, algunas veces, reluce y destella en la oscuridad. Dicen que cada noche, cuando los deberes de Estado se lo permiten, sube, cojeando solitaria, hasta la torre más alta de palacio, donde permanece en pie hora tras hora, al parecer sin notar los fríos vientos de los picos. No dice nada en absoluto, tan sólo contempla el cielo oscuro y observa, con ojos tristes, la danza lenta de las estrellas infinitas.

Agradecimientos

Quisiera expresar mi agradecimiento, ante todo, a Charles Vess. Él es lo más parecido que tenemos hoy en día a los grandes pintores victorianos de hadas, y sin sus dibujos e inspiración, ninguna de estas palabras existiría. Cada vez que terminaba un capítulo le llamaba por teléfono y se lo leía, y él escuchaba pacientemente y reía en los momentos precisos.

Gracias, también, a Jenny Lee, a Karen Berger, a Paul Levitz, a Merilee Heifetz, a Lou Aronica, a Jennifer Hershey y a Tia Maggini: todos ellos contribuyeron a que este libro se haya hecho realidad.

Tengo una enorme deuda con Hope Mirrlees, lord Dunsany, James Branch Cabell y C. S. Lewis, dondequiera que hoy estén, por mostrarme que los cuentos de hadas también son para adultos.

Tori me prestó una casa, y en ella escribí el primer capítulo, y lo único que me pidió a cambio es que le hiciera un árbol.

Éstas son personas que leyeron el libro mientras lo estaba escribiendo, y que me indicaron qué hacía bien y qué hacía mal. No es culpa suya que yo no escuchara. Gracias, sobre todo, a Amy Horsting, Lisa Henson, Diana Wynne Jones, Chris Bell y Susanna Clarke.

Mi esposa Mary y mi ayudante Lorraine trabajaron en este libro mucho más de lo que les correspondía, pues mecanografiaron los primeros capítulos que yo había escrito a mano. No saben cuánto se lo agradezco.

Los niños, para ser sincero, no me fueron de ninguna ayuda, y tampoco creo que hubiera podido ser de otro modo.

Neil Gaiman, junio de 1998

216

ESTE LIBRO UTILIZA EL TIPO ALDUS, QUE TOMA SU NOMBRE
DEL VANGUARDISTA IMPRESOR DEL RENACIMIENTO
ITALIANO ALDUS MANUTIUS. HERMANN ZAPF
DISEÑÓ EL TIPO ALDUS PARA LA IMPRENTA
STEMPEL EN 1954, COMO UNA RÉPLICA
MÁS LIGERA Y ELEGANTE DEL
POPULAR TIPO
PALATINO

* * *

* *

*

Stardust
Neil Gaiman
se terminó de imprimir en **Septiembre** 2007 en
Comercializadora y Maquiladora Tucef, S.A. de C.V.
Venado N° 104, Col. Los Olivos
C.P. 13210, México, D. F.

* * *

* *

*